芳菲那年，静待花开

刘嘉昊 著

哈尔滨出版社
HARBIN PUBLISHING HOUSE

图书在版编目（CIP）数据

芳菲那年，静待花开 / 刘嘉昊著 . — 哈尔滨：哈尔滨出版社，2022.8
ISBN 978-7-5484-6449-5

Ⅰ.①芳… Ⅱ.①刘… Ⅲ.①诗集－中国－当代 Ⅳ.① I227

中国版本图书馆 CIP 数据核字 (2022) 第 035995 号

书　　名：芳菲那年，静待花开
　　　　　FANGFEI NANIAN, JINGDAI HUAKAI

作　　者：刘嘉昊　著
责任编辑：韩伟锋
封面设计：树上微出版

出版发行：哈尔滨出版社（Harbin Publishing House）
社　　址：哈尔滨市香坊区泰山路 82-9 号　　邮编：150090
经　　销：全国新华书店
印　　刷：湖北金港彩印有限公司
网　　址：www.hrbcbs.com
E-mail：hrbcbs@yeah.net
编辑版权热线：（0451）87900271　87900272

开　　本：880mm×1230mm　1/32　印张：10.25　字数：159 千字
版　　次：2022 年 8 月第 1 版
印　　次：2022 年 8 月第 1 次印刷
书　　号：ISBN 978-7-5484-6449-5
定　　价：98.00 元

凡购本社图书发现印装错误，请与本社印制部联系调换。
服务热线：（0451）87900279

我宁愿静静等待，心中的一朵……
如果你愿意拥有心中的那份爱，
请你坚信，等待，不要妥协，
请相信一切都是最好的安排。

—— 刘嘉昊

芳菲那年，静待花开

作者铅笔素描自画像

作者在杭州雷峰塔下 / 拍摄于 2021 年元旦

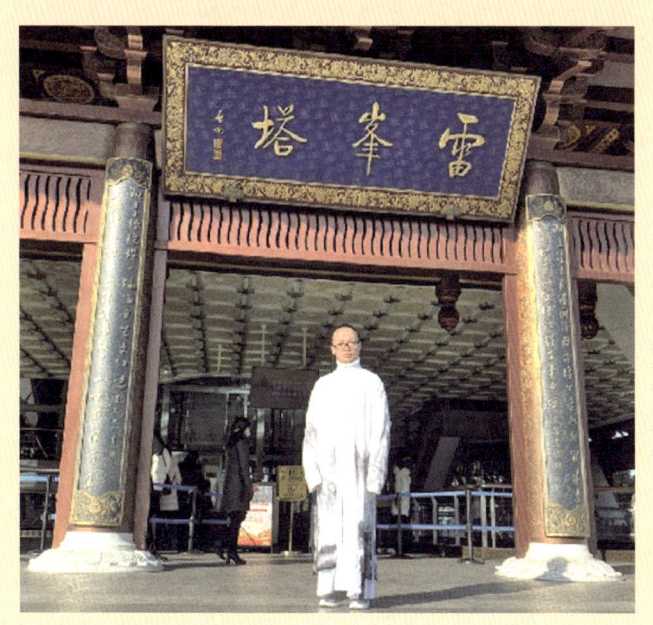

首次穿汉服的作者在雷峰塔下看启功老师的书法

梦回龙门石窟
诗：刘寅

我去你的梦里
你手操乐器 我手轻击界盘（第712窟菩萨语）
脚踏着莲花七瓣天国云中飘逸
那双手合十伫立于永宽之韵
圆形台上的邀叫
我走近你
听你诉说沧海桑田在你身上
雕刻下的痕迹　（第1038号起舞呐喊）
你看那谁助跃坐于八角床榻
叠走式莲花座上
穿越重城
进入万象百姓的心里
你面颊丰满圆润
双眉弯弯 犹如新月
宛如一泓秋水的双目
洋溢着美在人间苦海芸芸众生的智慧
我双手合十　通过你与神交流
你与我那热切的目光再次相遇

作者手迹

芳菲那年，荷绪花开

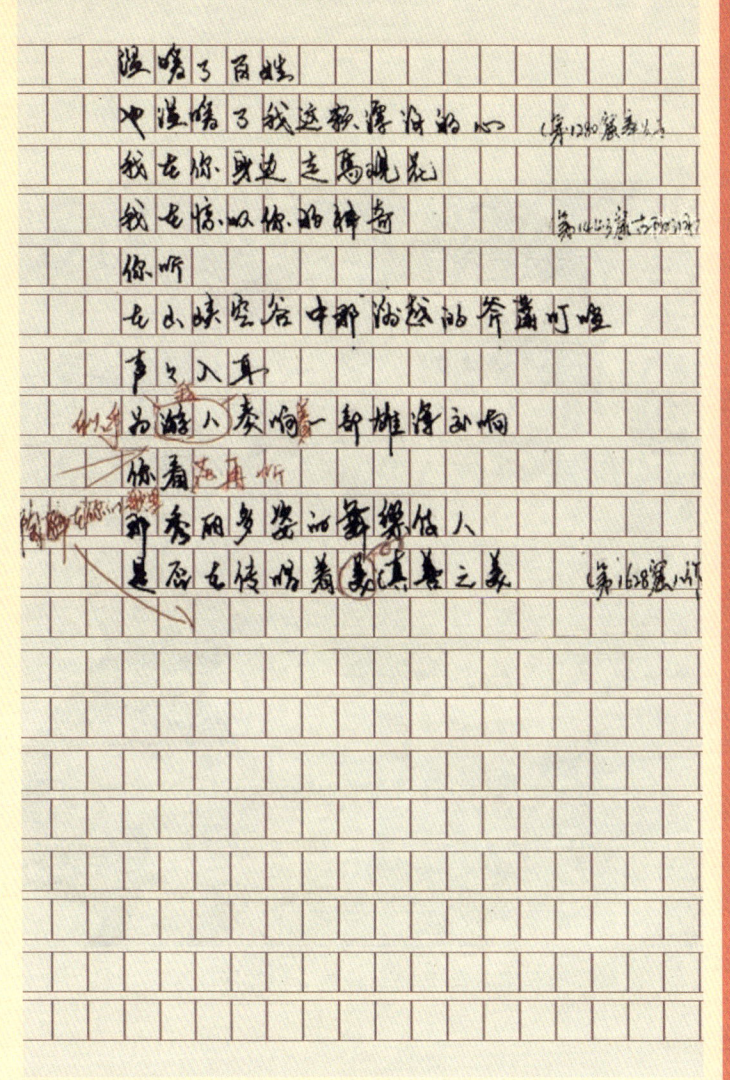

> 湿唇了百姓
> 也湿唇了我这颗淳朴的心　（第128页春之韵）
> 我走你身边走马观花
> 我走惊叹你的神奇　　　　（第143页古丙湖的诗）
> 你听
> 走入峡谷中那脆脆的竹篙叮咚
> 声声入耳
> 为游八寨响一部雄浑交响
> 你看
> 那秀丽多姿的苗寨佳人
> 是否在传颂着美丽善之美　（第168页八纷）

作者手迹

芳菲那年，静待花开

作者自己把写好的诗稿排版

出版缘起 做自己的自由人

话说《芳菲那年，静待花开》的创作

初写下这个题目感觉我的心挺大的，这时候问题便会如潮水般地向我涌来。

"刘寅难道你不自由了吗？"

"刘寅难道你在作茧自缚，无法从里面出来吗？"

如此等等。

鲁迅先生有诗句为证："躲进小楼成一统，管他冬夏与春秋"，我钦佩鲁迅先生的大智慧，也被他个人的人格魅力深深地感动着。

我喜欢诗歌已经很久了，因为生活我不得不离开家乡外出谋生，我是边打工边写诗，完成这本诗集的。

写诗我是自由的，因为太阳每一天都是新的。

我渴望文学创作的生活。

为了写好这本诗集我不敢去书店看别人写好的书，因为我怕一不小心就把别的大家的词写进诗里，那样就不是原创诗了。

我一直在思考我写诗的本质是什么？很多次我都在自问自答。当我写完第二辑时我总算找到了答案原来我是如此喜爱诗歌，它就如同我自己的生命一样重要。

我有一个最大的心愿，也把自己的心融入诗歌里，我在《留守》一诗中这样写道：
雨中站立村头独望父母归来的孩子
似乎多了几个……
分不清什么样的是雨什么样的是泪

不能耽误这一代人的成长
善意的谎言却是在花朵一般的身体里
生着扭曲丛林的根
老去的故事还在继续

我看到留守儿童无法在父母爱的臂膀下生活学习十分痛心，我愿意无条件地捐出此书 30% 的版税，向贫困地区留守儿童提供我本人的绵薄之力。

最后，在我的《芳菲那年，静待花开》出版前夕借用我诗集里的诗开始我们读诗的旅程：
我变成了一只精灵
跌落人间
你说
你会成为我书里的
女主角
我却要把你写成

童话里的公主

字里行间布满深沉

刘 寅

2021 年 8 月 19 日第四次修改于江苏

自　序

伟大的诗人但丁有句名言："走自己的路，让别人去说吧。"

我很喜欢这句话，也把但丁的话放在我的书的封面，时刻提醒自己，坚持自己对文学创作的那份不改的初衷。

"喂，刘寅，你怎么自己给自己的诗集写序了？"

"我在创作的路上！"

我笑着回答。一直以来写自己的书是我多年的愿望，从产生这部诗集的创作初衷到结集出版用了一年零六个月，五百多个日夜我付出了太多的辛苦和努力。从创作诗歌手写原稿到在笔记本电脑上逐字逐句地敲打，我好像在精心抚育一个爱女，是的，诗歌就是我的女儿。

其实一支笔，一台笔记电脑，一部苹果手机便构成了我开始用诗歌记录生活，用手机时刻拍下世间的美好，用我手中的笔创作诗歌的梦。

说真的，我的人生轨迹里有太多感动的人和事，也有太多的忧伤围绕着我，我努力追寻我最想要的，害怕失去世上最美好的东西。

我以我诗写我心，是个大胆的想法，这个想法困惑了我许多年，我重新拾起记忆写我自己的第一本书。

每一个写作的夜晚都是孤寂的，然而我又是快乐的。

新时代的文学在不断创新，我也在不断地写下了几万字的诗歌，这些诗包含了我很多的感情。风雨走过三十年，我仍然没有对诗歌失去信心。我身边的人都说现在的诗歌在市场上不景气，但我还是继续坚持诗歌创作。

我是在用心写诗，孔子曰："三人行，必有我师焉。"因为还要工作，所以占用了很多的光阴，工作之余我只能用纸和笔匆忙地记录每一次灵感的跳跃。

经过多方面的比较，我最后决定让哈尔滨出版社来出版我的诗集，封面设计、插图等全权委托武汉树上微来做。

"我的四羊方尊如同凭空出现一般 /

惊醒了世界 /

没有源头 / 也没有发展 /

我等待了三千年 /

我们又要到哪里去 /

时间就是浩瀚宇宙最好的诠释 /

我的神树 / 我的金乌 /

没有生 / 就要经历死亡 /

我的城 / 我的青铜时代"

值得欣慰的是这首诗是我在 2021 年 3 月 21 日写的《我的城，我的青铜时代》，就是在三星堆大量出土举世闻名的青铜器的当天在手机上写下的，发表在中国诗歌网。

我是幸运的，因为各地倡导"就地过年"响应政府号召我三个月没有去工作，一直待在某个城市默默地写着自己的诗。我没有多少时间，往往诗的灵感来了拿起一张卫生纸就用笔极速地记下。从2020年的冬天写到了2021年的春天，我的诗歌还会一直写下去。时间过到了清明，我也为我在天国的爷爷写下了：

"就在那一刻／我的世界也变天了／

爷爷的故事在我的书里／成就永恒／

只想问爷爷／在天国一切可好？／

我们都很想念您……"

祭奠我生命里如此重要的长者，让读者从另一个层面读我的诗更能被诗的魔力所感动。这就是作为诗人的我最大的慰藉。再到《以诗人的名义叫你母亲》都是我一气呵成的，我把对乌蒙山的深情融入我的诗，我在诗中尽情发挥。

"我的诗写了千年／动人心扉的神秘故事／

在我的土地上流传于世／我的书里／

你的子民／活在这片坝子头的人民勤劳而善良／

我的祖辈就埋在乌蒙山里头／

你的脚下／我的根在生长"

写完《打工人手记》外三篇期间经历了不少困难和艰辛，包括灵感爆棚后长时间无字可写，繁忙的生活节奏导致我来不及用手机电脑码字，只有在下班后用纸和笔手写数千甚至上万字的原创手稿。甚至连这篇自序都是我一笔一画写出来的，我连续一个月没有灵感，其间我只能在夜深人静的时候在笔记本上一遍又一遍地誊写电子稿，只愿《芳菲那年，静待花开》早些与读者见面。

写完这本诗集以后我有幸认识了诗人于坚老师，于坚老师我从小就很崇拜他，我请他给我的新书写个代序，后来他在微博里回复我，可谓是一语惊醒梦中人，于老师的回复内容如下：

"关于写序——致来访者。经常有人请我写序写评论。这个就算了。桃李不言，下自成蹊。诗自有其命，活下来的话，不胫而走。它自己有脚。

我基本上不写此类东西。

我的诗集都是自序或不序。诗人要自己肯定自己的作品。别人说的都是假话，（必有利可图）就诗而言。写诗始于人的自信，对自己开口的自信。师法造化，不自信怎么敢写。所以写诗永远是害羞之事，战战兢兢如履薄冰之事。"

于老师大智慧，一针见血，于是鄙人不才，自己为我写的新书作此自序。

在写这本诗集时我经历了很长时间的自我怀疑，甚至一度有弃文的想法。所以我自觉对不起我最爱的人和我所经历的人生。

我坚持原创，没有灵感我几天不说话，脑子里在随时随地想着一首诗的开头和结尾，我写诗也作词，我的词朗朗上口作上曲就能歌唱，在这本诗集里也有数篇我作的词收录，真心地希望《芳菲那年，静待花开》里的"我"以及我写进歌词里的"你"不会在梦乡里谴责我。事实也确如读者所期待的那样，刘嘉昊找到了自己的风格和出路，也为中国文学献出自己的一点火光。

  谨以此文献给所有鼓励我支持我写书的亲人和朋友。

  是为序！

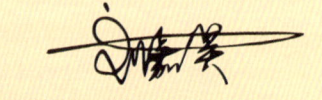

2021 年 9 月 12 日凌晨于上海定稿

目录

第一辑 记忆中的那块碎片

初读刘嘉昊的诗,感情真挚、字字珠玑、扣人心弦……
让你相信只有经历人间烟火的诗人,
才能写出来这样柔情而又刚烈的字眼

古体新作(外七首)/ 003
如梦令(写在我大学毕业之前)/ 003
七律·杂感 / 003
如梦令·国庆 / 004
绝句 / 004
致初恋 / 005
念奴娇·三八抒怀 / 005
赠老嬢《富贵花开图》题 / 006
天边有朵丢了家的云 / 007
农民工兄弟 / 009
西子湖,我梦中的情人 / 011
芳菲那年,静待花开 / 014
来年我们一起到武大看樱花 / 017

葬 爱（组诗四首）/ 019

向日葵的信仰（组诗二首）/ 023

其一 向日葵的信仰 / 023

其二 一份来自女儿的爱 / 025

我渴望春天的到来 / 027

如你所愿，我依然不息 / 029

我要为你写首歌 / 031

那片海的灯塔是为你点亮 / 033

镜 子 / 035

孤 独 / 037

留 守 / 038

孩子的眼泪是母亲心上的痛 / 040

我们相爱到永远 / 042

回家，是一张车票 / 044

桥 / 045

星光 / 046

我的尊者是雪莲之花 / 048

你就是这样的人 / 049

半个写诗的人 / 051

如果我是故乡里的一首歌 / 054

那一口妈妈的味道 / 056

第二辑 行走的80后在诗里倾诉

本辑收录了刘嘉昊最新的诗，读来令人回味。

也是诗人刘嘉昊用自己手中的诗对人生、

爱情以及生活最好的诠释。

第297针是你织的毛衣 / 061

跳崖的小鸟儿 / 063

乌托邦的信仰之光 / 065

梦回龙门石窟 / 066

在北方的天空下又见逆行 / 069

遇见爱在雨中纷飞 / 073

青苹果 / 075

走向复兴的中国梦 / 076

做自己灵魂的猫者 / 077

北边有一人叫北漂，南来有一人叫浪迹 / 079

我在列车的终点站等你好吗 / 081

如果，如果没有如果 / 082

乘着风，我在你的海上看你 / 084

就让我的悲伤放纵一点 / 086

致敬大国工匠 / 088

我的城，我的青铜时代 / 090

两重花开，你的彼岸 / 093

在空中，诗人有座失望之城 / 096

西藏桃花开 / 098

写给诗者海子先生 / 101

午夜恍惚之间我想你 / 103

以诗人的名义叫你母亲 / 105

雨夜情怀 / 108

诗人的内心独白 / 110

脚印 / 112

一、就要离别 / 112

二、脚印 / 113

三、时间越来越少了 / 114

三分之一的浮尘 / 115

四十九号是谁的渡口 / 117

天街之路上我在为爷爷祭奠 / 119

采茶姑娘的歌 / 122

鸢尾花的悲哀 / 124

希望 / 125

守望之树下是我的墓志铭 / 127

老房子住着我的童年 / 129

你的眼眸里有我的泪 / 131

东山那边的杜鹃花会唱歌 / 133

打工人手记（外三篇）/ 135

一、哦，你是我的哥们儿 / 135

二、行走的小路 / 137

三、打工人，你好 / 138

我是一只爬树的鱼 / 140

劳动的力量 / 142

原来我才是无冕之王 / 144

日晕下，我的太阳有影子 / 146

开在我心头的蓝花楹 / 148

我不是老师 / 150

两根火柴的爱情 / 152

匆匆的时光匆匆的爱 / 154

别让母亲的爱在时光里等待 / 156

你有两个梦（组诗三首）/ 159

  一、你有两个梦 / 159

  二、是他为人间种下的梦 / 160

  三、记住灯塔不再走远 / 162

自画像 / 164

父亲说，余生做个深情的人 / 167

烟火里的尘埃 / 168

父亲的日记不是散文诗 / 169

夏日狂想曲（外五首）/ 172

  一、蔷薇花开 / 172

  二、雨中圆舞曲 / 173

  三、你要相信我沉甸甸的爱 / 174

  四、母亲蓝色的海洋 / 175

  五、点亮心灯 / 175

在时光荏苒中的楼兰新娘 / 177

31摄氏度的爱情（组诗二首）/ 179

听说你结婚了我去南方疗伤 / 179

原谅我偷偷爱你 / 181

童心无忌（组诗）/ 183

一、把爱留在人间 / 183

二、孩子的乐园 / 184

拿什么来挽留你，我的爱人（外二首）/ 186

一、开拓者的忧伤 / 186

二、白头的约定 / 187

滑落心房的荷叶 / 189

这人间不值得留恋 / 192

蓝眼泪 / 195

第三辑 爱的光辉照耀前行

本部分收录诗人刘嘉昊写出的生命的别样精彩，

读本部分会让读者仿若于人生四季情感浓郁的世界里，

活出如刘嘉昊诗集里的意境，便是自在芳华，便是怡然美好！

假如爱有尽头（系列组诗三首）/ 199

  一、假如爱有尽头 / 199

  二、再见了，心爱的女孩 / 201

  三、守岛人的歌 / 202

自然和谐之歌（组诗二首）/ 204

  一、亚洲象 / 204

  二、看那一片月牙 / 205

世界仰望我们的时刻 / 207

贩卖时间（外三首）/ 209

  一、情殇 / 209

  二、蚂蚁 / 210

  三、蜗牛 / 210

让眼睛在阳光里流浪 / 212

边塞情，是我梦里的歌（外二首）/ 214

我是如此爱着你（组诗二首）/ 217

  一、逃离人间 / 217

  二、我愿 / 218

献给光明 / 220

年轮与故乡 / 224

青岛，我的第二故乡 / 225

请让我喜欢你 / 226

三十岁我还未成年（组诗三首）/ 229

一、草民 / 229

二、沪漂的诗人被蝉叫醒 / 231

三、三十岁我还未成年 / 232

你离开后如果白云不坠落 / 234

云端上我有乡愁如烟 / 236

太阳雪 / 238

月亮门 / 240

掠过秋天的纸飞机 / 242

答案 / 244

天空中的云朵在哭泣 / 246

我离你最近的时候 / 248

大理石 / 250

哭过了 / 251

每条河都会有一只和平鸽 / 252

第一百零二号作品 / 254

朵帮的石头 / 257

我们都是半个奴隶半个人 / 259

烟花 / 261

七月初七 / 262

风信子 / 265

脚下与远方 / 267

刚好路过，我就在那里 / 268

刘嘉昊经典短诗十三篇 / 270

一、符号 / 270

二、一棵树 / 270

三、多了一张嘴 / 271

四、我是我 / 271

五、底线 / 271

六、手机 / 272

七、圆周率 / 272

八、中国女排 / 272

九、秋草有情 / 273

十、芦苇 / 273

十一、静 / 273

十二、启程 / 274

十三、教育 / 274

初秋，大地耕种的是一首诗 / 275

爱情日记 / 277

飞过田野的乌鸦 / 280

响水河情歌 / 282

我的年轮是你炙热的眼泪（长诗）/ 284

天上的星星坠落人间 / 291

是谁的这双手 / 293

后 记 / 295

芳菲那年，静待花开

第一辑　记忆中的那块碎片

初读刘嘉昊的诗,感情真挚、字字珠玑、扣人心弦……让你相信只有经历人间烟火的诗人,才能写出来这样柔情而又刚烈的字眼

芳菲那年，静待花开

古体新作（外七首）

如梦令（写在我大学毕业之前）
——宴毕而归有感

春城黄尘寂远，
野木萧萧残淡。
孤鸟挂斜枝，
日暮紧风还卷。
肠断！肠断！何日春归相伴。

2011.1.24

七律·杂感

富欲招摇贵欲侵，千年根性弄斯人。
朝行陋巷称贤士，暮坐明堂变煞神。
荣辱兴衰原似梦，是非功罪易成尘。
随心俯仰期独善，点点荧光照转轮。

2011.1.26

如梦令·国庆

港澳神州邻境,
到处灯光通明。
天宫一号胜空前,
独贺中华国庆。
国庆国庆,
一派和谐安定。

2011. 10. 1

绝句
——喜闻神九成功发射后作

神九昂首,举世瞩目;
英雄出征,气势如虹。
中华龙腾飞太空,
嫦娥会亲人,
月宫添近邻。

神九飞天对天宫,
国人千年梦已成,
蛟龙下海显我能,
崛起之国庆成功。

2012. 6. 16

致初恋

烟花易冷心亦热
烟花散尽爱情留
莫笑红尘莫笑痴
繁华褪落空余恨
徒留相思寂寞心
从此天涯两手牵
纵是情深我不怕
待到轮回初相遇
还做痴人痴情狂

2012.10.26

念奴娇·三八抒怀

牵度诗行,敲心句,赠天下女娇颜。
目美柔情,独节日,眉俏欢容若月。
指渗心田,若比钩月,堪为半边天。
巾帼英雄,女性并非等闲。
想我木兰从军,嫖姚冠军侯,执酒挥戈。
大漠河西,破柔然,饮马封狼居胥。
前赴后继,忠骨埋沙场,魂归故里。
千秋万古,日月星辰大地。

2013.3.4

赠老孃《富贵花开图》题

春浓雨淡吐清芳，
气贵节高百花王。
芳姿艳质无双色，
婷立人间第一香。

庚子年刘寅书

天边有朵丢了家的云

在我人生的道路上有两个越走越远的人,
我会常记心间:一个是养我十年的奶奶,
另外一个就数陪我长大的爸爸。
而我把爸爸称呼为先生。

当我还是一朵云的时候
家是奶奶手中递过
沉甸甸的压岁钱
年真的来了吗?
我问月亮
时间把我留在了
振兴街39号
四季轮回
我仍然是一朵云
一声奶奶
十年呵护
家是奶奶千丝银发下

那份
祖母情

当我还是一朵云的时候
家是老父亲臂膀之上扛着的
两座大山
一半是丈夫
一半是儿子
"痛,忍着!"
爱被切成了两个西瓜
时光隧道在你面前开启
我便化成一种
叫雨的东西
我是天边那朵丢了
家的云

农民工兄弟

来啦　请走到我身边来
我的农民工兄弟

你从大山走来
肩上担着家
城市林立压弯了你的脊梁
咬咬牙　亮起你的胸膛

我站在玉龙雪山之巅
雪莲花动容
融化了我　也融化了这座城
我离不开你哟！我的农民工兄弟
青砖为你舞蹈　在黄浦江畔
绿瓦为你歌唱　在彩云之南
你的身影如巨石般高大

我看见　车水如龙
人流如云
立交桥正织着蜘蛛网

一夜之间
开遍大地九州

我的城市她笑了
我是诗人
却写不出赞美你的
片言碎语

我把圣洁的哈达献给你
请饮尽这澜沧江水
最后的甘甜

啊！我的农民工兄弟！
你就是世界最美丽的——
建设者

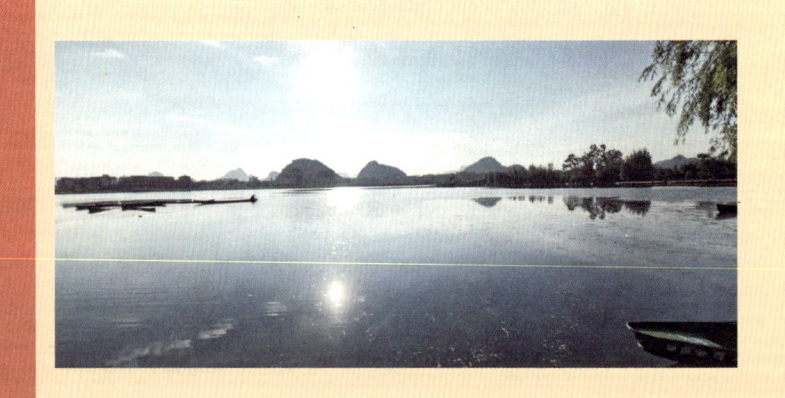

西子湖，我梦中的情人

你来了　在这凛冽的寒冬
就像面戴白纱的西子姑娘
朝我张开怀抱
我站在你身旁
只想轻轻地瞥一眼
你拂过岸上的樟树
水中的鸳鸯停止了嬉戏
你路过枯寂的巷尾
一抹人文气息开遍西子湖畔

我寻觅着你残阳如血
幻化成温馨　柔和
像恋人般依偎在我的肩膀
拉长成一道光束
仿佛为游走的人架设一座金色浮桥
向着断桥深深延伸到了心间
似要将整个中华文明的
魂魄合二为一
醉在了疏影横斜的三潭印月里

游船点点　水波潋滟
浮光掠影　山水成趣
城湖相照　你我相依
道不尽是你的千年爱恨
诉不完是你的儿女情长
那会是什么
在我记忆长河飞逝
匆匆
太匆匆　我们会停下
在这人间历练沧桑吧

我在塔顶和你相拥
一山一水一江一城
每年我的如期而至
就像和你来一场美丽的约定
从此　断桥不断
长桥不长　孤山不孤
我忘了自己
在你怀里入睡
是你　装饰了我的梦
你来了还想再来
你走了还想来
西子湖　就像美丽的梦里的情人
魂牵梦绕在
我经过的每一个地方

神秘的传说 远方来客
构建了西子湖
不朽的生命力
矗立在你和我的心坎里

芳菲那年，静待花开

芳菲那年,静待花开

是否你还记得我们的恋爱之树
依稀滑过的身影

那是我静候千年之鸟化作人形
衔来一句善意的谎言

我在花开季节里静静等待
可你未曾走过我的坟

请托风信子带去思念
时间在你指尖停留

我的墓志铭被一只鸟叼走
年复一年杳无音信

我的容颜不曾老去
我的心亦不曾死去
我还在原地守候

芳菲那年，轻描花开

是否你曾经路过这片花海
为什么她开得如此绚丽夺目

你的爱已随风飘散
我徘徊水墨如画
孤独却开在映山红上
你在天涯
我追寻到海角

是否你曾经遗忘少年懵懂
为什么我依然流浪远方

你的花在我诗里开放
游走的浪子
拿走我的王冠
期许花开

芳菲那年，静待花开

来年我们一起到武大看樱花

我听说你在武汉大学露出了笑脸
你是樱花
我却是一个赏花人
从小就对你有特殊的偏爱
正如我想看看你——
英雄的武汉人民

我要用我手中的诗为你
这色彩缤纷点赞
因为你是英雄的花
来年我们一起到武大看樱花

随手拈来的纸上正在行云流水
也写不满你的芬芳
我把关怀挂在脸上
我把美丽埋在心里
我把骨气融于血里
我把善良刻在生命里

来年我们一起到武大看樱花
我想去黄鹤楼登高眺望你
以便好好感受你的气息
聆听汉口江滩的奏乐
我的天空一碧如洗
一切都充满崭新的光泽
像抽条的嫩芽发出
破土而出的小生命
来年我们一起到武大看樱花

我与万物共同舞蹈
阳光通透明媚
百花争艳
热闹非凡
我的时光停留在
春花烂漫的武大里

我独爱你的无声无息
在该来的日子悄然而至
我飘荡在你的身边
漫步于云天之上
成长的樱花一路相伴
你默语　抚微风
却是开得如此怡人
来年我们一起到武大看樱花

葬 爱（组诗四首）

一

我看到大海不再浮沉
忧郁之神啊！
她对我上了枷锁
于是
分成了两个我
踉跄走遍
迷茫　独自蜷缩在
你世界的某个角落
哭泣
我想我会孤独
寒冷
前方的荆棘啊！　爬满
我的心房　千疮百孔……
可我　依然爱你

二

你走近我身旁
告诉我：
"痛苦与快乐才能并存"
我请求你
赐我一把手术刀吧！
我要划破它
这永恒的苍穹
为我们的爱恋
扼制住忧郁的喉咙
继续爬起　站稳
前行——
我拉起你的手
你手心的余热
是抚摸我心房的柴油
夜依然惆怅

三

多愁善感的女孩儿
请你抓紧我的双手
风尽情地肆虐
吹痛了脸颊
好像刀一样切割着
我左心房里的
忧伤
裹紧大衣
我跌倒在沙漠的边缘
无力坚持
低下头来
却看到你
红唇似霞
笑靥如花
像开在冬日里的点点红梅
格外红润

四

你的唇温柔地亲吻
我几近干枯的唇
爱的火花
就在那一刻
点燃
我右心房血液沸腾着
冲击我大脑中枢神经
心与心的碰撞
在一起激烈
你轻声语:
"那年,你几时归?"
我无从回答
祈求你呀!
让我冻住泪水
为你
封心锁爱

向日葵的信仰(组诗二首)

其一 向日葵的信仰

我喜欢一种感觉
就像你
偎依在阳光里

走近我才发现
这是属于
我的春天

你低下头颅
不言不语
我知道了
你在聚积向上
生长的力量

寒露已经侵蚀了

你的世界
你的选择是
不卑不亢
抬起头来
我的信仰就是
向着太阳开放

不放弃每一天
我不畏惧
要来的电闪雷鸣
我努力着
转动脑袋
跟着太阳的方向

我的果实
你请放心
每一颗都是
饱满的
迎着太阳
我就是你
不变的
信仰

其二 一份来自女儿的爱

贺卡上轻轻的一句
"妈妈,我们爱你,永远"

简短有情的几个字
我知道妈妈眼里全是泪花
"孩子们长大了"
女儿此时也嫁为人妇

既是女儿 也是孩子的妈妈
真情留不住孩子们的成长

妈妈的爱是亲情般的
守护——
你是如此爱着这对儿女
也把这份爱分享给
孩子的孩子
爱在这里延续……

我渴望春天的到来

我渴望春天的到来
正如渴望爱人的到来
我把你画在我的水墨世界里
用富有韵律的墨线
将你勾勒得壮美
红、绿、黄等色添几笔
春的灵动闪现

我知道立春　你来了
从未有如此期待

我渴望春天的到来
我看到了你向我走来
如爱人般张开怀抱
你放心　我会像爱护眼睛一样
爱护这悲喜沉浮的世界
大地的色彩在我的画笔中
开始五彩斑斓起来

我努力挥动笔锋
散而为雨
只待不幸灰飞烟灭

我渴望春天的到来
我感受到袅袅春风
轻拂脸庞
你就如一阵温暖
一路向北
我的世界冰雪消融
草木初萌
我睁开惺忪睡眼
你种下了希望
我亦种下了期待
我们一起挨过寒冬的不幸
我相信
春天会还给你一切美好

如你所愿，我依然不息

我是一朵腊梅呵
啜饮着露水的琼浆
你俯下身子
用一双冰凉的小手
轻轻地抚摸
大地的忧伤
我努力抽出新芽
显现在你的诗情画意
凛冽的风把我的身躯
压得更弯了
还在蔓延……
我在枯萎的黄叶中间
积蓄力量
我代表不了爱情
也比不了高贵
更传达不了高雅
在这人间
我会用生命怒放

在你的枝头
是的　我正在觉醒
我在寻找春天的消息
悄悄告诉你
"春天来了，它会走的！"
我是腊梅
寒风啊！　这冰冷的雪
你们都来吧！
让这朔风拂过我的
胸腔肺腑
以冰封沟壑的冷酷
冻结这折磨
还人间一片广袤圣洁
你的心怦然
我仿佛听到前面传来的
欢声笑语
如你所愿
我依然不息

我要为你写首歌

当你迷失在路上
经历了沮丧
我就是你看得见的灯光

是否你只为开启我心头的
那扇窗
顺着冬天的脉络走一遍

我要为你写首歌
是你给了我温暖 安全和柔软
这城市的第一场雪来了

我要把你拥入怀中
为你洗去忧伤的泪水
我心爱的人哟!

是否你还有许多心愿未完成
还有很多遗憾留在心中

是否你还没来得及陪我
一起跨越新年

好好看看这个白色的世界吧!
那是我托雪为你带去的祝福
疫情之下彼此珍惜

冬天的雪已经白了我的头
我把时间捆绑——
你所有的烦恼都在我手心
变成值得回忆的故事
故事里的故事

遇到你以后
即使冬天再冷
背倚靠着世界的尽头
我的心
也会变得温暖

那片海的灯塔是为你点亮

我把你的故事做成时间胶囊
漂流瓶进入了我的心海

那塔上的灯模糊了我的视线
这月寂寞如雪

我孤独上路
而脚下就是无底洞

如同站在万米高空中
绵绵看不见你

你给了我创意的形状和脚本
我在心海把月光亲吻

这光折射漫无边际
我伸出手拥抱你

感谢遇见

那片海的灯塔

是为你点亮

镜 子

你
走　后
我丢失信仰了
迷失在无望的孤独
一块镜子照出我棱角分明

你站在镜前嘻哈　他无动于衷
拉长身体　扭曲　长矮
酸甜苦辣在你眼中
呈现　我却把
童真藏起了

芳菲那年，静待花开

孤 独

我独自徘徊在车站之外
家　是我回不去的期待
拎起行装继续我的漂泊
我绝望了　我厌倦了
躺下来五体投地
听听大地与列车的碰撞声
城市轰轰
请它带上我回家的心愿
这可怕的病毒肆虐
看路人匆匆
我的家又在何方
孤独从心中涌出
我只得强露欢笑
假装自己很快乐
我不看这城市的孤独
你只会让我更加的孤独
孤独的夜像死神般吞噬
消磨了我的戾气

留 守

第一年妈妈对我说
她要和邻乡的阿姨去城里打工
等过年回来给我买心爱的洋娃娃
于是我天天抱着爸爸的手机想妈妈

第二年妈妈提着臃肿的行李箱
踏上了南来北往的绿皮火车
泪又开始倾斜，追着火车跑了几里
妈妈挥动的手消失在那月台的月光碎片里

第三年妈妈和爸爸拎着沉重的包袱
一同进城打工从此以后姥姥履行监护责任
雨中站立村头独望父母归来的孩子
似乎多了几个……
分不清什么样的是雨什么样的是泪

不能耽误这一代人的成长
善意的谎言却是在花朵一般的身体里
生着扭曲丛林的根
老去的故事还在继续

刘寅 / 拍摄于香格里拉某小学

孩子的眼泪是母亲心上的痛

这是我心中的一首歌
多少次你为了生活离开了家
多少次孩子哭着要妈妈
啊,我亲爱的妈妈
没有人批改我的作业
啊,我亲爱的妈妈
也没有你在打我的小手
我就这样成了留守儿童
你快回来　妈妈呀
多希望你为我擦去泪水
我也想要一个妈妈
你快回来　我的妈妈
啊!孩儿梦见的都是你
多少个夜晚我呼唤着你
为什么只有我孤苦伶仃
守着这个家
啊!想念妈妈我泪水流
为什么只有我没有妈妈

孩儿我整夜不能入睡
多少次家长会难见你的身影
孩儿我只有坐在门槛前
把你的身影望眼欲穿
啊！妈妈呀！
你可听见孩儿的呼唤
那一滴滴泪水流走
为什么我的天空塌了半边
啊！妈妈呀！我亲爱的妈妈
再回来抱抱你亲爱的孩子吧……

我们相爱到永远

你和我相识在茫茫人海里
前世回眸今生一线牵
你和我相知在这林间小路上
雪花融化了我们的初吻
亲爱的人啊!
请你和我们 起祝福
因为相爱
我们会美满幸福和快乐
心相连 情相牵
我们相爱到永远

我们拉开新生命的序幕
你和我相爱在这浪漫的冬日
带上祝愿 我们笑开了花
你和我相守这爱情的堡垒
携手走过一生一世
你的笑留在我心中
亲爱的人啊!

请你和我们一起见证

爱相随　共白头

我们相爱到永远

回家,是一张车票

回家,是一张车票
突如其来的疫情隔不断
游子归心似箭
千山万水我在回家的路上

好想再听听爸爸的叮嘱
好想再尝尝妈妈的小菜
家的方向就是我
心之方向

不论我走多久
家里的爸妈我放心间
不论我在何处
家的方向我仍不迷失

桥

我在你的桥上看你
古老而忧伤

清净的水
流向桥的尽头

白墙黛瓦之下
铁匠　竹匠　鞋匠
各司其职　不争不显

你是劳动人民的美
那一边撑船一边唱着船调的
老船娘啊
你是否经历了太多岁月
踩着纺车的织女
还有那抚琴的人
你是否对生活无限憧憬
勤劳的人啊！
愿你经历
愿你满载而归

星光

星空的灰是日光余晖
洒落我的盘
我仰望星空　手捧星辰
努力寻找前世之旅
我的眼里是星空的颜色
天空之中划过一条河
我不再闪烁星空
却被这黑色的河分割
我的河深不可测
隔河相望
你痴心如初
遥望星空
惊奇那仙女飞速朝着那条河飞奔

我的星球坠落
无数颗恒星重组
看看这个世界吧！
我成为宇宙中顶级的王

你还原成分子
脱离引力　我和另一个宇宙更大的
星系碰撞
那黑洞吞掉我
带着我遨游星际
我能穿越时空
孕育更多恒星
最终在未来的某一时刻
彻底变成你的一部分

我的尊者是雪莲之花

第一次看到你就被你打动
这亮丽的洁白
我站在雪山
不敢走进你的圣洁
神圣的雪山滋养我的家园
正如母亲的手抚摸我的惆怅
你把根深深扎进我心底
做一个俯瞰苍穹的强者
你与大地之脉融为一体
为我洗涤忧伤
这圣山的尊者
你包容了我
我在你身边奔跑
色彩在你手中
似花非花　似莲非莲
你永葆本色
傲视雪山之上

你就是这样的人

一身大褂　救死扶伤
新冠肺炎　横眉冷对
为了人民　视死如归
当我需要你的时候
你奔赴生命第一线
啊！你就是这样的人
白衣天使人民爱

人民公安　守护平安
危险来临　奋勇争先
为了人民　舍我其谁
当我呼唤你的时候
你迅速出击抚平创伤
啊！你就是这样的人
人民警察爱人民

你是一个人　我要赞美你
你是中国最平安的问候

有你人民才能幸福和安康
多少无名英雄伴心间
多少血泪故事难忘怀
我把你的深情书写
啊！你就是这样的人

半个写诗的人

你说
你要走
我不挽留
把心捧给你
换你七秒钟的守候
鱼说
我的爱情不见了
流星飞过
带着来自另一个星球的
呼唤
消逝在我的眼眸
那是我为你滴下的
第一颗泪
我会一直在这里
驻足
爱护着你

你看

星辰和海水交汇处

北极光收起了守护神剑

天际的斑斓响彻

我变成了一只精灵

跌落人间

你说

你会成为我书里的

女主角

我却要把你写成

童话里的公主

字里行间布满深沉

种下爱情

那便收获希望

追逐太阳

那便迎接阳光

你看

捧给你的心在

我手里幻化

生命与爱情

闪耀着

当梦远行

希望便在眼前

进入了
你的梦里
也进入了
我的梦里
其实
我就是半个
诗人

如果我是故乡里的一首歌

拎起行囊
我孤独行走在古朴幽静的
石街之上
窗外冬至将至
白色陶瓷杯里的滇红
品出我对云南乡土
恍如初恋的爱
没有谁比我清楚
"有家的地方没有工作
工作的地方没有家"
江南水乡里的清波
时刻提醒我仍然是个——
外乡人
啊！这故乡如歌

过家家的少年已过而立
远离家乡的游子牵动着
那片红土地

遍布足迹寻找你
我在
滇池旁之西山
洱海旁之苍山
卡瓦格博山峰之上
抚仙湖里……
故乡就是我生活里的一首歌
金沙江深切也阻断不了
我对你儿时
的追忆

那一口妈妈的味道

冬日里的风还是
那么刺骨 那么寒冷

我在远方把你遥望
这一片梦却遗落在那片
红树林里
满地落满秋的痕迹
如同红地毯铺满小路的尽头
脚踩上去 软软的
像小时候妈妈的手
温暖如初

我在林间穿梭
捡拾起那片鹅绒雪花
啊！想念妈妈的味道
你是否知道
我的故乡也下雪了

我遍地把你找寻
风中的承诺是回不去的思绪

记忆中我离不开那碗
小锅米线
忘不了那一口家乡的火腿
是妈妈千里之外邮寄的
片片深情

我把心上了锁
妈妈的味道
正如一把钥匙解开了我
漂泊太久的心

芳菲那年，静待花开

第二辑　行走的80后在诗里倾诉

本辑收录了刘嘉昊最新的诗，读来令人回味。也是诗人刘嘉昊用自己手中的诗对人生、爱情以及生活最好的诠释。

芳菲那年，静待花开

第297针是你织的毛衣

我对你说
我从来没有穿过针织的毛衣
你默默走开

你在整个冬天织的第297针
是那件毛衣
棒针在你手中左右交叉

那线头拥抱着自由
以灰色展现出
你柔情似水

一针一线
连环波纹是你殷勤的深情
漂亮的花样

不眠之夜的成果
成形　镂空

像极了孔雀开屏

棒针扎进了你的指头
你的血液和这灰色融合
我心疼

你把满满的爱
织进了毛衣
让我优雅大气

跳崖的小鸟儿

从动物世界里
我第一次认识了你
你是勇敢的跳崖小可爱
我敬仰生命

也许从一出生就注定
我必须遵循
让你无从抉择
大自然生存的游戏如此

你看
那被寒冬堆积的悬崖晃动
你的家在风中摇曳
小心　我的小可爱

"你必须要跳下去"
那小鸟儿准备好了向下俯冲
瞬间垂直而下

可你太小　寒风太大

悬崖峭壁之间凸出的石壁
击穿了那小东西
本就弱小的身体
一次　两次……

我急得把时间凝固
快看　你快看
跳崖的小东西终于
向着远方
越飞越高……

乌托邦的信仰之光

我徒步在这
最后一片干净的土地
天路九曲十八弯
将山河大地踩在脚下
时空穿越千年
湖泊依旧安详
雪山依旧神圣
我爱上了你
众人心中的乌托邦
信仰之光闪耀
我在月光城下朝圣
台阶步步往上
是通往天堂直达心灵吗
我却是你虔诚的信使
依旧延续历史
我在梦里
面朝雪山
听你诵经
做一个自在人

梦回龙门石窟

我在你的梦里
你手持乐器　我手捧着果盘
脚踩着莲花在蓝天白云中飘逸

那双手合十侍立于未完工的
圆形台上的迦叶
我走近你
似乎你在诉说岁月的痕迹

你看那是谁跏趺坐于八角束腰
叠色式莲花座上
半山腰之上
守护皇城
进入了老百姓的心里
你面颊丰满圆润
双眉弯弯　犹如新月
宛如一泓秋水的双目
洋溢出关注人间与洞察一切的智慧

芳菲那年，新绪花开

我双手合十　通过你与神交流
我在你的脚下站立了很多年
温暖了百姓
也温暖了我的心

我在走马观花
我在惊叹你的神奇

你听
在山峡空谷中那激越的斧凿声
叮当声声入耳
似乎为我奏响一部雄浑的交响乐

你再听
那秀丽多姿的舞乐伎人
是否在传唱人间的真善美
我在你的歌里陶醉

注：第二行末为第712窟莲花洞，第七行为第1038号赵客师洞，第十六行为卢舍那大佛，第二十行为第1280窟奉先寺，第二十二行为第1443窟古阳洞，第二十九行为第1628窟八作司洞。

在北方的天空下又见逆行
——写在河北战疫前沿

"我们来啦!"
声音洪亮响彻天际
又见你一次星夜逆行
此时此刻
新的一年刚刚开始
万象更新
我和你一样
被这震撼人心的呼喊
惊醒
疫情就是命令!
武汉刚好
河北告急
牵动着亿万中国人的心哪!
没有从天而降的英雄
只有挺身而出的凡人
石家庄的寒风挡不住
这伟大的中国速度

白衣天使永远是最可爱的人
你可知道　就是这群人
让我在这寒夜里能
那样安然入睡

这是谁家的孩子？
又或是谁家的妻子？
忘不了那位护士含泪朝家的方向
鞠躬的身影
我瞬间泪如雨下
感谢有你
国家忠诚的守护者
忘不了那摘下口罩后最美的面孔
让我心痛
这是个英雄辈出的时代！
你是白衣战士
你是最美的逆行者
是你紧紧地把我护在了身后
奋战一座城
守护一国人
这就是大国情怀！

那段日子里
人性的闪光点
发挥到了极致
因为有你
再危险的地方也变得温暖
直面死亡
你把生的希望交给了我
"人民的生命高于一切"
不畏恐惧　不畏病毒

我在病床前奋力抗争
我知道
我们不能拥抱
只有竭尽全力与死神赛跑
不是亲人胜似亲人
你是人性弧光最好的表达

越是琐碎
越是日常
超越永恒
大灾疫之下
我的国没有放弃我
你也没有放弃我

生命的本质
抵抗不了死亡
怀着热望就能打碎黑暗
你没有放大悲伤
你和我努力相握的手
穿梭城市的引擎安定了
我不安的心
"不放弃，共克时艰，加油！"
大爱无言
你用守护的方式装点生命的
绿色
化身成翩若惊鸿的轻盈
必将永世共存

       2021.1.5

遇见爱在雨中纷飞

——写给F

很荣幸在某个城市的一个街头
认识一个叫F的女孩子，
很短暂地停留在我的时间里。

——题记

当我步入这个雨季
很荣幸遇见
我就莫名地爱上了你
多想看看你美丽的容颜
某人说　你已经消失
在我的朦胧诗里

当我步入这个雨季
我徘徊在车来人往的十字街头
雨水如断了线的珠子
任凭泪水在雨中纷飞

雨中的诗人更加狼狈
陌生的城市
思绪敲打我心尖
转头会让我一秒钟喜欢上你吗？

当我步入这个雨季
一个叫 F 的女孩子
和我的眼神在风中交流
你配得上我的一路
颠沛流离
写给某人的情诗散落成雨
随着风　伴着雨
我的心在片片幻化

青苹果

那一年我十七岁
在岔路口转身
遇见了你
你对我笑而不答

红扑扑的小脸蛋上愈发害羞
咬一口你青涩的苹果
朦胧中
我就这样爱上了你

初恋的味道在晚风中飘来飘去
映山红开遍了半座山
那是我们的天堂
十七岁的誓言是一个青苹果

走向复兴的中国梦

一提起你的名字我满眼泪花流
你是多少华夏儿女坚强的后盾
疫情路上有你我们心手相牵
众志成城我们与病毒赛跑
大国情怀　拥抱世界是我的梦
啊！中国加油　加油中国
我们走向复兴的中国梦

一说起你的故事我把你高声赞扬
你是多少炎黄子孙心中的梦想
国富民强有你我们携手努力
奋斗的中国我们不忘初心
神箭飞天　嫦娥探月是我的梦
啊！中国复兴　复兴中国
我们走向复兴的中国梦

做自己灵魂的猫者

你
不可说
我是一只猫
从一个城市的起点
走到另一个城市的尽头
天穹守望者被惊蛰唤醒了梦
这夜晚　还是如此的漫长
几许如泪一般　雨点飘飘洒洒
你说很冷　是的　我的心啊
比你更冷　独自蹲在墙角的猫是我

这夜晚　还是如此孤寂
我的时间里你仍然有一片深寂
是未曾到达过的
你不懂我的心　也不懂我的爱
黑夜中我在　守着你　眼光犀利
灵魂的写诗人仍在路上前行
我把爱化为酒水珍藏在深深的地窖
努力寻找星光　可这夜像被抹去了夜的黑

芳菲那年，静待花开

北边有一人叫北漂，
南来有一人叫浪迹

有没有这样一种感觉
叫隔心相望
你的心里有条河
我的河里藏着一个你
一个声音回荡城市
孤寂而无助
一个人执剑北边
你是生活的强者
我把寂寞写进故事
因为只有你才能读懂
我的诗——
目的是简单的
翻看日记
我是一个人的旅程
仗剑走天涯的行者寻找千年
我把梦放进诗人的口袋
北漂　浪迹　行走

你在奔跑
北边有一人叫北漂
南来有一人叫浪迹

我在列车的终点站等你好吗

列车前行中　目的地不详
我跟着列车在轨道上驶进
某人的心扉
你的窗紧闭
我只能选择守恒
我在你的窗前站立
十年　一百年……
千年之后
我想我不会再是一堆白骨
我的树证明了永恒定律
年轮每一年都会无休止为我
划着老去的记号
我在列车的终点站等你好吗？

关于那个放在我心口的梦已经开始
我不能停下　也不能倒下
我是一只老黄牛哟
缓缓地拉着犁之车为你开疆拓土
在这诗海的土地上
我只能慢慢爬行

如果,如果没有如果

如果　如果没有如果
如果我在等待
多想再回到我们的季节
走过很多十字路口
我还是会停下脚步驻足
喜欢看路上行人匆匆
那人海里是否还有你
美丽的倩影遗留
如果　如果没有如果
可影子告诉我
你早已远嫁
或者已为人妻

如果　如果没有如果
如果我一直未婚
多想再回到我们的雨夜
那个年华　我们年轻着
点起一片山火能阻挡大雨倾盆
蘑菇状的伞下你却笑开了花
那是属于我的天堂
如果　如果没有如果

乘着风,我在你的海上看你

这风吹过沪上　拂袖而来
远去的汽笛拉响
你唤醒了我
我不能这样沉睡
我要去你的海上看你
我爱着这片海
就好像我深爱着我的诗
我嗜诗如同我的生命
你的海清澈透明
踩在你的沙滩上
我沐浴着朝阳在晨风中出海
你的海湾波平浪静
我在你的海上与浪花嬉戏
与海鸟同游
天地之间我就是那片海

乘着风　我在你的海上看你
文艺是我深切的眼睛

风情是你爱的寄托
我一路都在为你歌唱
这是我对那片海最深情的告白
我匍匐在你的怀抱里
你正在孕育新的太阳
我亲吻着你的海水
海水是咸的
我心里是甜的
总想为我的海点亮心灯
地图上你是我一眼望穿的海
蓝天白云你总得爱着一样
我选择爱你
心田里的那片海

就让我的悲伤放纵一点

我独自走在寂寞的街头
听城市掠过午夜是谁的黄昏
那是我栖身的地方
这陌生的城市啊
快把悲伤写进树叶
你说听雨　我说流浪
啦啦啦……啦啦啦
雨水流淌进我的身体
我的心里成了你的河
呜……呜……呜
你依然看不到我的泪在流
啊　就让我的悲伤放纵一点

哟……哟……哟哟
这雨打湿了我前行的路啊
我始终只会爱你哟
虽然我在异地他乡
但我对你的爱永远不变
心心相印　感天动地

我独自走在寂寞的街头
看车轮是否可以带去我的思念
心中的爱人呀
你可曾　经过我那条心河
那是我为你写的第一首歌
你看不见我的牙在断层
彻底老去的是时间
呜……呜……呜
我不骗你啊
我会在谁的记忆里发酵呀
只好把悲伤藏进那黑暗料理
啦啦啦……啦啦啦
爱情信物丢在这风里
啊　就让我的悲伤放纵一点

哟……哟……哟哟
你在我的时间里游荡
我来把你深深爱恋
虽然我会一直流浪
但我对你的情天地可鉴
日月为凭　苍天作证

致敬大国工匠

早就听过你的名字
我把敬意向你表达
盛世中国你是无愧的大国工匠
在航天　在海洋　在车间
在我们普通的每一个人心里
默默无闻　精益求精
你把青春奉献
在这复兴中华的梦里
我为你致敬
你是中国最美的奠基石

咫尺匠心是你　35年不变的追求
劳动使你成就中国制造
是你用专注和汗水把火箭送上了天
大国工匠无愧于心

你是大国工匠　43年的坚守
我们以生命相托　你不负使命　蛟龙下海

中国迈进了海洋强国时代
劳动在你手中是快乐的

你是大国的螺丝钉
"这是本分"
我自豪　任劳任怨
这就是大国工匠的心声

从青春岁月走过半百
大国工匠
你面对风险依旧守恒如常
这是需要多么大的勇气

大国工匠是你
大国工匠也是我
因为我们只有一个目标
创新　前行……

我把你的名字刻进每一个人的心里
因为你　中国的工业正在崛起
你只是我们大国工匠中普通的一位
却用平凡的情怀造就了伟大的事业
你平凡　我也平凡
丰碑已经竖好
做好准备我们一起
向你致敬

我的城,我的青铜时代

我在我的城里居住
我的城奉我为王

时间往前穿梭四千五百年之久
我惊奇　我是这座城里的王

北纬 30 度方向
我的四羊方尊惊现人间

我的大祭司高举法器
"我的王,请戴上这黄金面具"

在巨大的三星堆城之下
那就是我世代居住的城

我的城民已经生活了许多年
那高高筑起的祭祀台上

我是那城的王
手拿黄金权杖

仰望星空
是谁在与遥远的神明对话

我的城民在祭台下跪拜
星辰变大海　我在遥望

我是那城的王
戴上纵目面具就是太阳神

俯瞰祭台之上
我的太阳神鸟朝着太阳升起的方向

你在守护着什么
你的源头在哪里

没有开始　也没有结束
被神明宠信过的国度

在世界尽头深渊处消失
我与太阳神来场时空对话

解密
我们从哪里来

我的四羊方尊如同凭空出现一般
惊醒了世界

没有源头　也没有发展
我等待了三千年

我们又要到哪里去
时间就是浩瀚宇宙最好的诠释

我的神树
我的金乌

没有生
就要经历死亡

我的城
我的青铜时代

2021.3.21 春分

注：诗中第五行"北纬 30 度方向"引用一本探讨北纬 30 度神秘现象的奇书。作者是美国哈佛大学的艾尔曼博士。

两重花开,你的彼岸

我喜欢叫她 —— 两重花
我不知道她叫什么
也不知道她什么时候
在什么地方又是什么人种下的
打从一出生我就知道
你离得我好近
又或者离得我好远
你是开在我心尖的花儿

我的两重花
吸取日月精华
收敛起大地的可怜
我把忧愁刻进石头
有没有一个地方不到远方
悬崖与高山峻岭之间
我在中间游走
我看不清那是什么地方

你已离我远去　我追不上你
放下我的矜持与傲慢
你不迷惘
我的两重花向上生长

请爱恋这块地方啊！
我的父辈们在你的高山下生活着
不放弃就去创造
不停止就去生活

远处那是岛屿吗？
是的　那是我心上的岛
你突如其来滋润了大地的色
那种颜色在我脑海跳跃
我看不清那是怎样的世界
因为我的花开在你的心上了
我把你的容颜涂鸦
已记不清你的容貌

寥寥几笔　我只是随手涂鸦
我的两重花惊现眼前
你是谁　我又是谁的谁
我一直在爱情彼岸游荡
发布"全城通缉令"
写给你的信石沉大海　我绝望

我的年龄老去了许多

两重花开　你的彼岸

在空中,诗人有座失望之城

我喜欢诗
一如既往地喜欢
正如我所愿
你是圣者的使者
我就混迹在人群之中
天边那一堵墙是什么
隔着我心头的大山
我能一眼望到你
零星几点　棱角分明
就好像我亲手绘上去一般
我终于在
沉睡了一个冬天的沪上
看到了点点春绿
原谅我是浪漫主义者
我奔跑进你的绿色

人群中我就是
那座城的"荣誉市民"

这城市的霓虹璀璨
亮瞎了我的眼
倚靠之地
反反复复
我把我的灵魂寄放在这里
时光在我手指间流逝着
我抓不住自己　只能
又回到原点
我就在那城市尽头熟睡吧！
天为被　地为床
我是一个人行走
仰头就能守护爱情的心房

西藏桃花开

小时候我就对你有种莫名的偏爱
那时候我能听着你的故事

在世界地图上第一眼看到你
启蒙老师告诉我　你叫西藏

踏浪而来　你的花开在那片心海
而心海的这头让我看到了你

你是中国的桃树王
算起来比我祖爷爷岁数还要大

就开在那神秘的波密谷
枝繁叶茂　惊呆了拉萨

圣洁的桃花仙子把春天撒满
这片雪域高原
我的318国道红了九百公里

林芝的那片花海
西藏挥之不去的歌

我在你的歌里游弋
我要朝圣的那片红就在
我一路开遍的心海里

从沪上我一路向西
像急切等待归家的游子

从察隅到波密
我在东部为西藏放歌

我知道大地春回从你这里开始
我　你　西藏　我的中国
同为一体

雪山　江河　草地　我的村落
不能分割

我惊叹造物者的神奇
冥思苦想
你的花期就那么短暂

我看不够你的美
我相信和我一样深爱你的人民
同样也会看不够你的美

从米林到工布江达
你还是与我首尾相连

林芝的那片花海
西藏挥之不去的歌

因为你是九百六十万平方公里土地上
不可分割的一部分

写给诗者海子先生

我想去看你
读着《海子的诗》
我认识了你
原来这个世界上还有一个海子
你行走在钟情的诗海里
永不沉没
你的像或者你的诗都永远活着
我们后来人心中
这世上每一个写诗人都在
沿着你所走过路为你祭奠
因为你在用生命书写着
另外一种伟大与不朽
也正因为你
我的诗从一个冬天写到了这个春季

你是传奇　是开创另一种方式的诗者
你是大师　是敢于直面人生的勇士

我在大海深处为你搭建一所房子
你不再面朝大海
我叫你一声"先生"
是发自内心的最强音
25岁　多么年轻的大好年华
作为诗人　我是痛心的
从此以后一个诗人走了
但是我们迎来了一个诗坛里
不朽的王
不朽的灵魂
不朽的太阳之子
我还记得那八个字
"面朝大海，
　春暖花开"

2021.3.26 在海子先生的忌日

午夜恍惚之间我想你

我的阴霾积压在云端
一个世纪
亲爱的
我看不见你在哪

好想把爱对你倾诉
这里已经是阳春三月
隔着屏幕你告诉我
北京的花开了

你要去看花开
我高兴
你在北京
我在上海

春天来到了北京
它也该结束了吧

总会有一个人爱着我
你是我心头怒放的小花
你的声音千里之外传音
好似美妙旋律
又好像流水入了我心田
浇灌着我对你无限的爱恋

亲爱的　我想来北京看你
想去寻找爱的冒险
也想陪你一同看看北京
想知道这些年你是怎么"北漂"的
此时此刻
我只愿做你窗外入梦的
一株野草

以诗人的名义叫你母亲

原来是山
我面前时常浮现
我走得太远
听不见你的呼喊
我是大山的儿子
屹立在我父辈的坝子头
我喜欢探访山那头是什么
却爬不过你的一片山头
你是山　你不是山
我的诗写了千年
动人心扉的神秘故事
在我的土地上流传于世
我的书里　你的子民
活在这片坝子头的人民勤劳而善良
我的祖辈就埋在乌蒙山里头
你的脚下　我的根在生长
不信你看
那山顶处的杜鹃花就好像梳妆的美人

俯瞰着这里的人民
我对那山的崇拜
胜过我的诗歌
无论你走多么远
我以诗人的名义
把乌蒙山命名——
母亲

你快看　七彩祥云原来是真的
飘进了我多愁善感的春天
她就笼罩在那一片乌蒙山下
城里　街道里头
我的母亲就住在这炊烟里
来自西伯利亚的候鸟
如疾风飞驰过这块神奇的水域
杜鹃花沿着乌蒙山铺满
在我诗情画意的歌声里
尽情地流淌在小伙伴归家的路上
风掠过我思念家乡的讯息
我的父亲仍然住在乌蒙山下
他离不开那片生活一辈子的山
我不再深情
如果有一天我不在人世间
就请把我埋在父辈们种下的

那一棵守望之树下
我也要学习祖辈
守护我的乌蒙山

雨夜情怀

这春天的夜如此深
等了好久也等不到黎明
我看见了以前未见过的世界
没有月光　还是昏暗
我写的诗在你身边轮回了几世
依然未能靠近你
孤独还是如潮水般向我倾斜而来
找不到灾难　找不到狼藉
案上的光已经调到了最暗

窗外我的思念散落得满地都是
剑门关外那个撑伞的女孩子还在吗？
那是我等待你寂寞的光辉
沪上的雨总是来得那么突然
相思之泪你又会送给谁呢？
我在努力　始终如我
所以我总想着你
雨夜情怀

我还需要时间

再透彻一些

2021.3.27 写于上海

诗人的内心独白

没有人脉　我把一朵花留在你身边
我把我的诗写到孤独终老
在这里　长河落日艰难困苦度日如年

红霞是饮醉红酒躲在高楼林立处小歇
为什么天边已经模糊了我的记忆
故土家园那尚存的童真还在吗？

我不敢鼾声如雷
我不属于你
那一边的灯点亮了

不知名的花儿落满发髻
小虫小物也来搅乱
城市已经翻了好几遍新土

我还游荡天边
霓虹灯之下

我的影子也愈发沧桑

伴随而来的是深夜
那连接我长河之上的玉带
你又会去往哪里

脚印

一、就要离别

桌上是昨夜狂风暴雨的凌乱
你转身离开
我拉不住岁月的手
记忆吹倒了我忧愁的酒盅
那夜的灯红酒绿醉意还未消散
再回首　我把泪水丢进那风中
喝下一杯苦涩自酿的酒
你的容颜早已模糊了我的视线
这是离别的前兆　没有退路
怀揣着梦想我开始孤独上路
我们错过了最后的相遇
就要离别　何处是归宿
请把我的梦还给我
我想再问问你再归来是何时
啊！寻梦的孩子呀！

你要坚强
勇敢一点
前行的旅途你不要停留
那里有太多的未知你不曾到达
就请勇敢地仰起头
迈开你的脚步
就在前方
走下去

二、脚印

你问我是否遗留下什么
我说应该没有
你笑起来说
满屋子都是你留下的脚印
我要谢谢你走过的路
走不出阴影是惨淡的人生
敢于直面现实才是强者
有幸在这人间炼狱
与其满世界惆怅
不如走出脚印来
你需要一步一步
向前……
脚印留在身后

放下孤傲
阳光依旧
灿烂

三、时间越来越少了

今天我又在枕头底下
发现了一根白头发
那是我的头发 ——
是我默默守候
那个梦的结局是什么
我抓不住时间
正如我抓不住你的心
你已经走出了我的诗
我不知道你去往哪里
却无路可退
我只能选择原谅
诗海浮沉
写着只有自己才能
读懂的点点星辰
漫漫长夜留不下我的梦
斗转星移　轮回交替
我在我的诗里重复

三分之一的浮尘

很小的时候,我有一个作家的梦
转眼而立之年,我的梦开始驱使,
于是——三分之一的浮尘便有了……
——题记

我的生命过了三分之一
当你拨开浮尘弥漫着的夜空
就好像父亲的目光柔和得深叩心门
我行走于红尘之中
浓郁的黑色吞没我的流年
三分之一我的年华
被你无情地抽走
束缚的枷锁进入我只有肉体的"世界"
我迷惘　浮尘乱了我的青春
时光更像是我的一幅铅笔素描
我用大块大块的灰色尽情地宣泄
停滞不前的脚步　压抑的我　追求凸显

我的目光与父亲擦肩而过　四目交错
就好像一潭深邃的湖水隔了我千年
我不明白在无数场变迭中我们都沦为
天地间这三分之一的浮尘
原来我是如此的微不足道
就仿佛沙漠中的一粒尘埃般渺小
我们需要阳光
哪怕一丝微阳也好
可雨珠还是在雨季落在了地下
三分之一的浮尘
我把心交托于你了
请你把雨珠抱个满怀
随后一同渗入地下

四十九号是谁的渡口

渡口的牌坊就安在我的家里
落日余晖　我的长河渐落
你脚下的积土带不走
孤陌是我老去的华年
是谁在我年轮之树上烙印
是谁在我的悬崖上守望
大地的炎热悄然而至
我的心上却是寒冷依旧
我的身体千疮百孔

夜里的鸺鹠叫醒了我的梦
我在你的树下
从深夜听到了东方发白
你是守护我的天使吗？
为什么你的鸣叫像极了
一曲婉约的交响曲
没有人指挥
却是我心上的歌儿

声声入耳　浑然天成

我在聆听你的声音
我听出来了
你的嘴里——
叫出了血的味道
似那般的沙哑
又似那般的荡气回肠
好像有无数只
我的俐鹋们
加入了你的歌唱
黎明前的曙光赐予我
与大自然亲密接触
就要去远方了
你的渡口　我的俐鹋
似乎再一次为我送行

天街之路上我在为爷爷祭奠
——清明追思爷爷

一

又是一年清明
又是一夜难眠
今日我瞒着时光
偷偷想您 ——
我天国的爷爷
睡梦中我又回到
那个生我　养我的小街
小街之上有一座同济桥
而我有一栋老房子
尘封了我所有童年的时光
爷爷姓彭名福寿
是个老好人
也是个慈祥的老者
没有人知道他青年时来自哪里

听说他的老家在北边
因为参加过抗美援朝
我知道他是个老兵
喜欢戴顶鸭舌帽
平易近人
很多年以后
我知道爷爷是个企业家

二

我在想您
岁月无痕
您的儿孙已经长大
只想重新认识您
亲情在这一刻定格
难忘天国的爷爷
那雨中蹒跚的老者是谁
我知道清明向我走来
如果爷爷还在的话
他已经 100 岁了
儿孙满堂　其乐融融
可惜那个九一年
一个叫癌的东西夺走

爷爷的生命

记忆犹新

就在那一刻

我的世界也变天了

爷爷的故事在我的书里

成就永恒

只想问爷爷

在天国一切可好？

我们都很想念您……

2021.4.2 凌晨原稿

2021.4.4 早第二次修改

采茶姑娘的歌

你从悠悠的历史古茶树中走来
我就记住了你有一个美丽的名字
七彩祥云出现的地方是我的故乡
采茶姑娘在茶山
我把你深情爱恋
澜沧江江水哟哺育了你的人民
你的古朴哟把我的茶做到极美
茶就是你
你就是最好的茶
临沧的山成就了你的醇香
一棵树站在我的世界里
守望了三千年
临沧的水是这树的乳汁
恰如爱情依然洁白无瑕
这里的采茶女是那么的纯情
这里的山啊那里的水
我多想把你高声地唱
写不尽你对这片土地的爱

你属于这里
你是那古茶树传承的歌

鸢尾花的悲哀

我在鸢尾花下漫步人生路上
爱情的气味已经奄奄一息了
我不去思考你的归期未定时
月光最能明白蒲公英的约定
路过人间的花是昨夜的寂寞
我把你深藏在无底深渊徘徊
行者就地匍匐无力抽新换旧
我的心被你发现破碎了一地
悲哀在我身旁显现未老先衰
我只能把梦放纵在昨夜情话
齿轮围绕原点做着圆周运动
正如我美丽的人生载满传奇
鸢尾花的悲哀仿佛昙花一现
大地的光华掠食城市的风景
无穷地放大诗人的前世今生
我在鸢尾花下写尽繁华落幕

希望

我有一个梦想
迎着朝阳去出海
犹如绽开的花朵
在你脸上呈现的红晕一样
我喜欢看朝霞
正如我所希望着什么
你染红了我心深处的忧伤
从东方地平线上走来
远近的树木　地上的花草
都披上一层薄膜　仿佛沐浴在
你多情的怀抱里
尤其是那跳跃在我枝头的露珠
不正是我所希望的人生真谛
海天之处　我心海之外
驶来一片洁白的帆影
在流金溢彩的海水之上
仿佛绽开了一朵又一朵白色
事物总会有两面性的

太好的可能就是最坏的
最坏的可能就是最好的
而我们都是从一切
烦恼中走向未知
在未知事物的发展中茫然
在茫然人生中寻求庇护
一切的一切都在开始

守望之树下是我的墓志铭

一个人的路要自己走
而我已经走了很多年
不是世界这么大
你自己会活得很好的

我想我会在某个地方
某个时刻悄然而逝
没有人会记得我曾经光临
享受这个过程的光阴

我爱惜自己即将逝去的青春
我就像爱惜生命一样关心你
那是谁等候一辈子的墓志铭
我看到你的时间变成守望之树

仰望飘浮的星空我也和你一样
在宇宙中寻找什么是生什么是亡
也许从出生那天起

就注定了死亡拉开帷幕

我把我的爱情藏在那棵树之下
可命运之轮就如同一面镜子
无限放大我青年诗人的悲伤
我还没有恋爱就宣告失败

我把我的诗写得莫名的伤感
守望之树下不是重拾的记忆
我的墓志铭就深埋在时间中
上书"此人来过人间"

老房子住着我的童年

我能看到的那个小山村
还有那位帮我改名的老干爹

我想起来了模糊不清的童年
就藏在那所老式木房子里

我的外公你依然住在里面
外婆的皱纹爬满颤抖的手
可还给我炒着童年的蛋炒饭

火塘里的老灰沉淀了外公的脊背
外公外婆腰弯在了一起
老房子里四世同堂的欢乐重现

这片土地是红色的
在这里耕耘数辈人
还是不改农民的原色

原来我的身体里流淌着的
还是农民的血液

玩着泥巴我在童年中长大
追逐村里打鸣鸡的是外婆
紧跟身后小心翼翼地呵护
老房子那边住着我的童年

你的眼眸里有我的泪

这个多情的季节里
昨夜的风吹落四月的花
你和我在落樱转角处邂逅
让我相信这世界还有真爱
那枝头落樱的红为谁飘
你飘落了一地
向着我心深处铺满
仿佛铺设了一条粉色的花径
直通我遥远的家国
成为一处亮丽唯美的色差图
你的眼眸里有我的泪
我不问你的眼泪为谁流
我不去想你的故事谁人说
你是我一生最爱的女人啊
当尘土飞扬直到化为泡影
当山盟海誓掩盖我的真情
我把你的眼眸丢在风中
不去想　不去问

我们只管牵手
所有一切痛都随它去
我的泪在雨中流淌
那是我找寻你的影子
为什么那刚绽放的爱情不迷茫
因为我对你的爱片片是真诚

东山那边的杜鹃花会唱歌

你听说了吗
东山那边的杜鹃花会唱歌
仿佛有光
你就能在我的家园防线上
次第绽放你的颜色
父亲说是你点亮了我的美
我路过山谷用耳倾听
你凄美的爱情故事……
难道你真的是我的思念
幻化成的血色
染红这片土地的原色吗?
我知道了这就是我要寻觅的家
是我日夜兼程遥望的那片土地
我来自大地
就像一如既往对母亲的眷恋
我的杜鹃花就开在那东山
沿着山路开遍　十里花海
我想起来了也是那个杜鹃花开

我的初恋就从这片山头开始
你和我的足迹遍布角落
我把你的温柔插进花瓶
渴望满世界的爱都给你
我的红颜佳人又去何方
原来东山那边的你真的会唱歌

打工人手记(外三篇)

一、哦,你是我的哥们儿

车间里我在挥汗如雨
劳保鞋上从不拖泥带水
他的工厂线体节奏加速
你用双手加上我的双脚
跑不过的是
那飞一般的流水线
车间机台高速旋转
轰鸣混杂着人的声音
像惊天之雷
从我身边划过
闪现一片惊鸿与不屑
我的哥们儿正值大好年华
只有低下硕大的头颅
沉默就是最好的抗议
我哥们儿的表情漠然到了极致

我知道他心里压着生活的石块
这石块是他得以走下去的动力
我不去想他的动力是什么
工厂就如同一个小社会
关着你的青春
也关着我的爱情
里面充满了太多的无奈
我们被冠名
以"打工人"的名义在你和他
以及我身边行走
千万次地重复一个机械动作
即使浑身酸痛都得忍着
我的哥们儿已经无力反驳
工厂里的人就如同
这工厂里的产品一样
都是一个模子刻出来的
就连走出来的步伐都是一致的
也许真的只有鼾声如雷
才能证明他们经历过怎样的一天

二、行走的小路

小路的开端在我的心上
心头的梦依旧在折磨我
这个梦似乎离我那么近
又似乎离我那么远
我想坚持自己的本色
不被这个染缸浸湿
而父亲的尽头早已经枯萎了
年轻时灯下漫笔
捡起父亲的笔我只能继续
孤寂之狼在我耳边喃语
我把我要当作家的事实
告诉我的父亲——
他默默无言
天空云层之外的晚霞告诉我
"你会是一个很好的作家"
带上梦我行走诗与词的世界
打工路上安检门高度精密
检测出我钢铁一般的意志
我出去过　也再进来过
沉默在身体里释放出来

"这不是放弃生活
而是试图在碰瓷自我"
世界从来没有不平等
平凡的斗志在另外一种坚强之后
才能知道答案
我的路还在一直延伸
我学会忍受孤独之力
那是属于我的黑色幽默
没有自嘲抑或没有结束

三、打工人，你好

打工人　你好
我从深夜里买醉到黎明
酒精熏着我的眼眸
红尘种种皆过往
离乡游子牵挂的人是谁？
猛吸一口你的烟
我的忧愁断了肠
谁人知我心
谁人晓我意
远去的孤雁嘶声哀叫
那天际两行泪是谁人洒

打工人　你好

当黎明撕开了昏沉大地的衣裳

我是打工人

双手迎着清晨的第一缕阳光

工厂机器轰鸣唤醒我们斗志昂扬

蓝领之梦激励着我们攻克难关

你好　我的打工人

当每一个夜晚月光洒落　满天星辰

我是打工人

人生路上充满光辉的第一页啊

工厂成果喜悦我们心里乐开了花

蓝领之梦我们携手并肩走

我是一只爬树的鱼

你拾一片夏天的杏叶
我看见你在与蚂蚁赛跑
用三双手摆个六角星
你以爱之名起誓
我遇见你最炙热的眼泪
汇聚成地球上的太平洋
滴滴是我奔跑的结晶凝固
我看见你把黑暗抓在手指间
势要冲破这时间的沙漠
我的沙漠那边是海
你的那片绿色之洲
我的树就在那里
而我就是那个会爬树的鱼
离开了水我要活下去
在时间的河上我不能奔跑
我的河床干涸了48小时
选择恐惧必然面对生命
等待就是默认死亡

只有奔跑才能生存
会呼吸的是我的皮肤
我的腮已经退化成了牙齿
活着就有希望
绿色在我眼中透出阳光
缺少飞翔我用爬行
写出大大的倔强
沙漠之上留下淡淡的
一路奔跑的影子

劳动的力量

你应该深记
我才是火山中沉默135年的石头
等待着风与雨的洗礼
熔岩上我渴望喷发力量

我看见人类深邃里
像极了期待救世主的目光
将那片天空烧得通红
那才是我火热的生命

我看见劳动的力量
青春的喝彩与我的微笑嫣然
在我身上　在你身边
幸福地燃烧……

请给我一个希望的眼神
我就能让水凝结成泥巴之城
用我的一滴泪把绿洲覆盖到

那历史的车轮之上
我在用劳动的名义偷换概念
企图骗取时间的善心
赦免我的人类　无罪释放
理由是　劳动创造奇迹

我用尽余生给劳动延长心跳
裸露的岩石触摸历史的沟壑
褶皱里我在劳动里把你纪念
不曾忘记　渐次在我脑中复苏

劳动 —— 坚实的辙痕印满
力量 —— 隆起的脉络搏动

我把我的心挂在白色布条上
红红的颜色染红那片天空
然后高举着与命运抗争
而我就是那旗帜

倔强　坚韧　宁死不屈
从此以后
让你只要抬头
就能看见我漫天的力量

原来我才是无冕之王
——献给我即将逝去的青春

我的眼神犀利如闪电
能够洞察人世间的真善美
披上战袍我就是无冕之王
我的骨骼变成了鱼的形态
游走在你诗性的海洋里
我的笔幻化成战斗的利斧
我的诗发出耀眼的光芒

把鱼留下的骨骼烧为灰烬
把我死去的爱情放置祭坛
十个嘉昊也吟唱不出真谛
我的骨灰撒遍诗人的大海
誓要去寻找太阳沉浮之地
我要做人类最善良的触角
我把自己交给大地的心窝

我把青春轻轻地亲吻数次

重建我的世界舔舐了伤痛
苦思冥想的灵魂未经批准
将你的枝条如手伸进天空
占地为王的诗人题写黑色
挥之不动是你老化的翅膀
我梦里的天空只剩下诗歌

月光下我的身影数着黑夜
熬到了鱼肚皮发白的黎明
太阳坠落女人的肚里孕育
残月星星仿佛生命的开端
你的宝座被坠落男人屠杀
我仍在我的诗里坚韧不拔
原来我才是世界无冕之王

日晕下,我的太阳有影子

我站在日晕上惊奇
那是什么
日晕的光环与我的日晕相遇

太阳有影子在我的躯体里蠕动
不小心　你要相信
你看一下天空真的有惊喜

提示我一切不幸福终将会过去
太阳分成七种颜色
折射成七彩色的小冰晶穿过大气层

我的太阳分成了两个大小
我试着看清楚你的影子
环环相扣　巨大的光圈照得我刺眼

我要当个花农
种植一园的红玫瑰与你的影子媲美

以便留下心仪姑娘的爱情

我把太阳的光环送给月亮
我对你的爱情是真的
可我没有拥有你的影子

为什么我的身体还是这么冷
我在你面前释放我的所有
却还是靠不了你的河岸

我把太阳比心放进口袋
褪去光环我就是你的太阳
有人会证明我比太阳更爱你

我陷入你设置的沼泽里
骚动的心越陷越深
无法自拔

日晕如同两只精灵的眼睛
放射出如此温暖的弦
刺进我的肉体里

仰视太阳告诉我什么样子
我有了大地的影子
生命逆转我就是太阳的光

开在我心头的蓝花楹

那是谁的相思泪?
幻化成这人间的蓝色
在我心头摇曳整个夏天

是你吗?
蓝色的蓝花楹
像极了我父母的爱情
就如同我一直期待着美好的发生
这就是我蓝色梦想开始的地方

你带着夏天蓝色火焰
经历了人间情爱
悄悄地来到我的心里
我没有对任何人产生过绝望
尽管我错失时间的洗礼
你的温柔是醉人的烟花
你漫天的蓝紫色
把天空涂满

你洒落的花瓣
铺满我相思的街……

刚好遇见你
在五月的街头
我父母爱情故事里
是仍然坚守的幸福的家园
一如这美丽的蓝花楹
绚丽了整个夏季
在我立夏的季节更替
心里藏着小星星
而你花开正好
我来得恰好

蓝花楹吹着喇叭
我的命运多舛
但未曾向命运低下我的头
每一棵蓝花楹都是自由的母体
就如同我的灵魂一样天马行空
仿佛在向人们赞叹着生命的源泉

我不是老师

我不是老师
但认识我的人都叫我老师
我知道这是我创作文学
人们习惯给我的尊称
每一个生命我都写上
各自的价值

我不是老师
人们说我太执着
还有一种爱
是爱每一个孩子带来的价值
生命的意义在于不止步地前进
而我活着就要相信探索

我不是老师
但是我真的知道
永不放弃每一个孩子
爱和被爱相辅相成

没有优秀也没有劣等
只有你眼中未定型的"判断"

我不是老师
但我会寻求点亮人类命运共同体
我义不容辞甘当桥梁

我不是老师
但我知道我的弱小
一蹴而就无法创造梦想的价值
我不会失去我奠基的工程
群山万壑褶皱你铸造
人类最伟大的"灵魂"

两根火柴的爱情

爱情其实很简单
看对了眼就在一起

两根火柴逃出关押的盒子
说好了要一起流浪远方
浪迹天涯他们相互扶持
很快两根火柴相爱了
走过多少冬和夏
迎来多少春与秋
他们两个是快乐的
甲火柴问乙火柴
"为什么要和我在一起,
就不怕引火烧身吗?"
乙火柴回答
"因为我第一眼就爱上了你"
甲火柴沉浸在爱情里
突然有一天
乙火柴不小心被一颗火苗点燃

他们只有找到水源才能浇灭头上的火
甲火柴没有多想就带着乙火柴奔跑
可毕竟他们两个太脆弱
甲火柴被迎面而来的小石子压住身躯
奋力拉出甲火柴却发现她的身躯已经折断
甲火柴说"忘了我吧!"
含泪时乙火柴头上的火焰更大了
甲火柴看着心爱的人没有多想
把自己的头紧紧依偎在乙火柴的身上
她要和乙火柴一起化为爱的灰烬
我感动这样的爱情
把火柴未完成的誓言洒进风里
让他们燃尽故事里的爱情

匆匆的时光匆匆的爱

你说我偶遇多少陌生人
多少陌生人却还是
匆匆与我擦肩而过
多少的情变成了无言
多少的恋人来了又走
我把真情留在天地间
陪你跨过星河迈过月亮
因为我终会是你的温柔
我和你牵手就在
这个下雨的星期天
相思的泪淋湿了我的心房
爱的奇迹亦如匆匆过客
我种下了这爱情的味道
握不住手中的黄沙
任凭指尖还残留着你的余温
写给你的信早已撕碎成风信子
换一个狼狈心里有苦却难言
怪只怪我给不了你想要的结果

那无情的时光拒绝我的成长
我的泪水是咸的
年少轻狂的爱汇聚成大海
狂风暴雨席卷我的思念
我用有穿透力的嗓音在每一个夜晚
呼唤着你的名字
啊……啊啊……啊……啊
匆匆的时光匆匆的爱

芳菲那年，静待花开

芳菲那年，静待花开

别让母亲的爱在时光里等待

在我小的时候
母亲是我的幸福
采摘一个冬天的桃树上的一片红叶
母亲的泪是自酿的桃花糯米酒
甘甜而又醇香

那时候母亲的爱是拉着我的小手
在阳光房檐下哼唱童年的歌谣
伤痕布满母亲的双脚
那是母亲丈量大山土地的见证
幸福在母亲双手里承载
母亲的骨子里透着善良与朴实

在我长大以后
我是母亲的幸福
电话那头藏着母亲
无声的眼泪
儿女的孝心却总是下次一定
时光不停
母亲的白发已经爬满双鬓

母亲总在午后
将泪水和爱搓成了麻绳
那是母亲做糖葫芦的雏形

我看到了另外一个母亲的形象：
母亲平静的表情下透着坚毅
冷峻的目光里蕴藏着智慧
娇柔身体里迸发着无尽的力量
我被母亲的朴实无华感动

女儿是世界上另一个小小的自己
女儿说:"我的妈妈是超人"
所有人都在努力朝着一个方向前行
母亲的女儿一天天长大了
要给我的宝贝最好的爱
女儿的笑脸挂在了母亲的梦里
没有可依靠的山
就把自己活成最美的墙
静静地守护女儿

从女儿到母亲在长大
在失去　在接受
在好好生活
时光很短
快乐与痛苦也是短暂的
爱就是要趁现在
别让爱在等待中变老

你有两个梦（组诗三首）

一、你有两个梦

你的一个梦很简单
简单到只是为了
让自己深爱的人民吃饱饭

你的一个梦坚持了许多年
人民不会忘记
我们会沿着你的足迹走下去

你的一生
是充满稻花香飘的一生
你的一生
是无上光耀大地的一生

你以一个人的双手
负重前行

让世界人民从此不再饥饿
袁隆平　三个字无愧你的人民

眼泪啊请你慢点流
我们会把你的精神传承
占全球四分之一的人民
把你深切想念

桃花啊请你慢点凋谢
我们一起坚强为你歌唱
大饥荒的时代不会重演
你的两个梦
我们正在实现

二、是他为人间种下的梦

你把爱播种到土里
你把汗水留在了田间
一个把自己一生献给人类温饱的人
一个一生只做一件事的人
你胸怀人民
就是民族脊梁！

禾苗青葱的大地
风吹过去
听见的都是他的低语
"要快快长大，长高，让更多人吃饱。"

你拥有对生命最崇高的热爱
才将自己的一生投身稻田
为每一个鲜活的生命供给养分
你拥有对中华儿女最深沉的热爱
将人民的饭碗
当作自己永恒的战场

一位从教科书里走出来的先生
应该是与人民长存的不朽存在
禾下乘凉
是他为人间种下的梦
这一梦做了61年
梦醒时分
已梦境成真
我们从未见过
但我们又好像总会相见

三、记住灯塔不再走远

你曾经做过这样一个梦：
水稻比高粱还高
籽粒比花生还大

我仿佛看到你又回来了
回到你的稻田
那个再熟悉不过的身影

你就那样坐在稻穗下乘凉
历经半个世纪水稻研究
你将梦的种子撒向了更远的地方

你是一位老者
你有一颗赤子的心
你有一个童真的梦

你对这片土地爱得深沉
你是稻田的忠实守望者！

爱好自由特长散漫

年少时的轻狂性格
让"共和国勋章"获得者
我们敬爱的耄耋老人
有了不服输的底气
年迈的身躯像孩子的一样挺拔

你是我们这个时代光芒熠熠的人物
我总觉得你永远会在
你和日月星辰共同追逐梦想
是西沉了就不再升起
划过天幕就不再回来的星
站在稻田里望着田埂
我会清晰地看这个天体陨落的轨迹
天空中你是最亮的袁隆平星

我们无法抵抗生命浪潮
但会永远记住灯塔
前行
有种痛　你不懂
我可以用微笑掩盖
你却永远留在我们的心里

自画像

给我一张纸
我就能把宇宙对折103次
挪亚方舟留在阿勒山
我喜欢探索
对着镜子
我的眼里已经血丝一片
深情演绎扣人心弦的文字
爬满诗人的藤蔓
我伸手就能捕捉到天空的云
爱情的涟漪仍在捕风捉影

我的花在仙人掌上开了一个甲子
等待揽收沙漠之鹰最纯真的泪
化作日暮烟霞凝结
诗人多情的种子
狂热与焦躁　淡定而自居
我是诗人　永远画不完整自画像
对未知世界充满好奇

就好像我依然对生命的思考
谁还说黑暗料理是我的永恒
只要我的肉体没有腐烂
漂浮的灵魂就能落地生根

我的自画像里多了一只鸟头
一笔到底地显露出自己的羽翼
初恋的荒野仿佛拼命瓦解
张扬个性都在我的眼睛里跳跃
逃隐的厌世鬼魅迭生
鸟头的碎光如同胎记一般
在肩上、眉眼以及骨骼里呈现
我本人最初的本能
自画像里蓝天金房绿树
鸟人的曙光正是对文学
千分之一的执着

古老的飞行线路图
熟烂于心
我试图躲避
一切的矛盾迷失
北边有一块菱形的大石块
而在大石块的旁边有了一棵树
那才是我安身的家园
我的诗歌意境
才会在你的巢穴生根

芳菲那年，静待花开

我的自画像 / 刘寅素描

父亲说，余生做个深情的人

他
一生
不容易
经受生活
锋利的切割
和粗粝的打磨
内心充满着炙热
是多么的难能可贵
不管生活给予他什么
父亲都坦然地去接受
要把困苦的生活活出诗意
把薄情的世界活出深情
做一个深情的人最美
好好对待你爱的人
以一颗柔善的心
坚其志崇其德
敬他还自敬
余生做个
深情
人

烟火里的尘埃

落日废墟像彩色万花筒伫立
漫漫黄沙我的时间里
虚幻交织吞噬诗人追求的光

我于混沌之中醒来
血色的脉搏就好像地球的纬线
流淌成我的河床

我和你只在咫尺之间
你其实离我已经天涯之远
我触摸不到你的天空

我的远方在哪里?
哪里有我的远方?
烟火只在你的尘埃!

只有一个种植着信仰
我要追寻我的光明
去做一团温暖的烟火

父亲的日记不是散文诗

当我开始懂事的时候
偶然中翻看父亲年轻的日记
日记中他的文字是那样的优美
字里行间飘满了你侬我侬

长大以后我有一天做了父亲
身边也有一个爱我的她
当我围着身边的孩子转的时候
才恍然大悟

父亲的日记不再是散文诗
那是对母亲写下的爱的痕迹
从此　我有了软肋
父亲有了坚强的铠甲

我愿陪父亲到老
只为再看看父亲的温情
平凡中伟大的父亲

什么都给不了我
却什么都给了我
父亲的恩我一辈子也还不完

我的父亲　请求你啊
慢一点老再等我几年
等我有能力让你享福
你的儿子也想回家了
但是好的东西都在远方
我还要去看去摸索

未来长长的路
我们慢慢走
和你四目相对
我才发现你就是我
要找的那个他

树下月光将你的影子
洒落在我的身上
我青春正好
你年迈已老
我的父亲
是你把我带到这个世界
山河万里

我把父亲的爱放在木格措
芳草坪上　杜鹃峡里
红石滩上　七色海里
父亲的幸福环绕宇宙在我的笑里

"是爱的光线醒来，
照亮零度以上的风景。"
被大自然和四季爱着的我
在年份中行走
触摸得到与父爱有关的温度

我扯下一块白云
擦拭内心
拂去尘埃
让我的父亲露出最初的纯净

夏日狂想曲（外五首）

一、蔷薇花开

我把自己栖居在蔷薇花里
害怕世俗的眼光
你的每一次展颜
源于你爱的事物
我欣然接受伤害
当晨风起
我有花开艳
生命如我
必须全力地活着
我不再焦虑
我已经错过了你最美好的华年
不能再等待
在你的花蕊上
我再一次探视到
大地的植物是爱着我的

不信你看
我的心如明镜般透亮
妹妹的花轿停泊精神的家园
我似笑非笑
在你的田里我放弃耕耘
像是姹紫嫣红的花事筑牢
人类心底的欲望
我知道你的花期烟消云散
我还是爱上蔷薇比较好
因为她用心爱着自己
听鸟语闻花香
带着奔赴的活力
我有蔷薇花开

二、雨中圆舞曲

你出现在我的世界里
惊艳了我的青春
故乡的人
我要把你缠绵的相思撕碎
燃尽我生命的时光
让我魂牵梦绕着的梦
化作最深情的告白
他乡的雨带不走我的爱恋

那无名伞下是否依然有你的笑容
我不敢去想
我不敢去打扰雨的忧伤
因为我怕触碰到你
破碎的梦

三、你要相信我沉甸甸的爱

你要相信
即使你走再远的路
都会是有挂牵
而站在期盼中等你的那个人
永远有一个熟悉的身影
你要相信
即使你去了远方
寻找着属于自己的速度
也永远无法抛弃心中所爱
承载着你成长的痕迹
挂牵　是希望　期盼　是归途
我把心中所愿
投递在他乡的一方邮筒
信的里头
有我沉甸甸的爱

四、母亲蓝色的海洋

我是一只孤飞的海燕
在母亲蓝色的海洋上独自飞翔
爱与温暖融入这如海温柔的是母亲
终于海的味道有了丝丝入骨的甜
我一不小心看见母亲明亮的笑脸
与我所希望的阳光一同在人间呈现
前方流入海洋世界的是母亲干净的眼神
清晰的方向如海洋般把我蓝色的忧郁涤荡
蓝色幕布上有母亲的星辰在眨着眼睛
那是母亲用目光送来的关怀爱着我
正如你说的"要爱我就像爱着你的人民"
因为我可以酣畅淋漓地活着

五、点亮心灯

轻轻柔柔如花般摇曳
你走向我的心扉
即使你给我的万般伤痛袭来

我一如既往地坚强低头
点亮一盏心灯
手拿一支签字笔
在我的精神家园毅然写作
你是否看到我满脸泪痕
像心被揪住了一般

母亲的光是一株仙人掌
在无垠的沙漠中吐露出我的嫩绿
浩瀚的群山映着不断加深的夜空
空寂中蒙着一层神秘的纱
让我视野无限拓展的同时又无限受限
我的诗仍然溜走
却不想无意落雨成了海洋
前往家的方向
你的心脏停止跳动了
这是我的第一种死亡
那最后一个死亡的人千年之后
是否依旧
最后一个记得我的人
离开了人世

在时光荏苒中的楼兰新娘

是谁给你插上一根美丽的羽毛
你的腮边滴落的泪掉入沙漠
如一股风吹进我的心窝
仿佛从那遥不可及的西域穿越山河
沉睡的罗布泊
我的楼兰新娘托着最后一滴泪
巨大的太阳散发光芒
我血脉里奔驰的血液凝聚成河
那可是我的大地之血
干涸的孔雀河涌出大量河水
太阳光艳如血
我的楼兰新娘紧闭着双眼
那是谁的浅笑守在时光千年
毡帽上的爱情又是谁凋落的羽毛
时光的尽头是摇曳一地细碎的孤独
为你举起的双手旗帜般舞碎月光
大梦不醒你安静地睡去
我听见大漠的箫声在黄沙深处响起

而你的爱情需要冬眠才能证明
古国的驼铃飞扬通向西边
守候你的胡杨木桩见证爱的解析
我在守望里变成枯树生花
已经确定 ——
你深深的眼窝
永恒的微笑背后
是不是住着爱情
也在守着一个人
只是你看不到
我的楼兰新娘
依然这么美丽

31摄氏度的爱情（组诗二首）

听说你结婚了我去南方疗伤

有一种悲伤错失了彼此
失去你我的心万般疼痛
听说你结婚了
我把我的泪流干
也许这样折磨才是对的选择
一个人默默地去了南方
只为了给我自己疗伤
还我的十二年爱情
啊啊……啊　岁月啊
你是无情的刀
多少次我路过你家的门
多想再看看那熟悉的身影

有一种时间你用真情换不回
听说你有了另外一个他

就让他成为我好好爱你呀
曾经走过的小路是否记得我
那是我们相守的誓言
听说你结婚了
我去南方疗伤
你给我的情
都在岁月的风霜里
我在阳光下思念
过去的美好
你的伤口有多深
我的心里有多痛
你让我明白所有的所有
终归化为乌有

谁说牵手就要一起走
谁说分开就要永不相见
啊啊……这无法自拔的哀愁
是你让我在红尘中再一次等你
听说你结婚了
我去南方疗伤

原谅我偷偷爱你

我把一朵白云镶嵌
你就在爱人的脑海
我是如此地爱上一片白
认识你就在蓝天白云下
亲吻叩开我的原始田野
我静静地隐在你身后
也许都身不由己
来到人间历练
无穷大的远方　我抹去泪痕
原谅我偷偷爱你

住一朵蓬松的云进去
时代最幸运儿
我在猜这云天之外
蓝天有白云的点缀
大地有麦穗的装饰
生命的另一种饱满度
我有一个物质之外的世界
使我不再恐惧袭来的泪雨风霜
放歌起舞纵情礼赞

原谅我偷偷爱你

大海　是我跳动的音符
我可以触摸到海底游弋的鱼儿
我忘记了我自己
也是来自蔚蓝色大海
大海　是我清澈的芬芳
我可以看见起伏的自由流过肉体
我无比依赖
你看我的眼神中有了爱
大海的那一方是你的居所
原谅我偷偷爱你

童心无忌（组诗）

儿童是最真实的，
愿我的诗能歌颂儿童最好的梦。

——是为记

一、把爱留在人间

你是一个美丽折翅的小天使
凡尘中我闻到了你来过的清香
你来尘世中像蝴蝶一样
跳跃美丽的芭蕾
我记住了你的善良
我的天使并未折翼
只是睡着了吧！
好好安睡吧！我的孩子
这是你给我们活着的人
最好的礼物！

你就这样走了
可你的眼睛还在
看着这个世界
我依然清晰地记得
你不到10岁的影子
你的故事让我泪如雨下
我从未见过神是什么样子
却目睹天使在人间微笑
你的爱无私地拯救
我的另一个孩子
就让她变成你
好好地爱这个世界！
"当我离开，愿爱留下。"

二、孩子的乐园

这是一个孩子的乐园
也是一个妈妈的爱

孩子在自己的乐园
静静地梦想——
他的小世界：
有天空，有剑龙，
有破壳的小恐龙，

还有洋溢起的稚嫩
天空是孩子心中放飞的蓝色
笑声是孩子脸上扬起的童真

我看到孩子面前
有一座看不见的桥
这桥连接着他的梦
梦是他的彩虹桥
梦里他和恐龙一样奔跑
梦里他和鲸鱼一起游泳

孩子的乐园是最真的梦
就让他在梦里安睡
愿他长大
到达梦想和希望

图片摄影 / 刘寅

拿什么来挽留你，我的爱人（外二首）

一、开拓者的忧伤

我就是一个活生生的机器
像一个远古的开拓者
在这荒废土地上默默耕耘凄凉
爱恨聚散
还有我一生不变的追求

我被一团乌云笼罩
那是乌云追逐太阳的光辉吗
为什么太阳的光如此闪耀
因为你是我生命里最温暖的小舟

烟火中孕育时光出生的年月日
长河里沉淀繁花似锦的沧桑
你以树的姿态赐予我颠沛流离

化身成为庞大的根须
我等得很苦
你最终辜负了我

我被你无情地放逐地球的最北极
我只能用眼泪提炼你的花瓣
你的笑容融化了我忧伤的眼球
努力寻找我灵魂的支点

我一脚踏进了我的坟墓
不能言语斑驳陆离的"怪才诗人"
你真的做出了抉择
我的灵魂已经奄奄一息

二、白头的约定

我拿什么留住你
拿我的一片真心吗?
一路艰难也要默默地走
累过哭过却从未认输过

你像个孩子似的向我飞奔而来
我抛弃了手中的花迎接你的拥抱

这一抱整个世界都变温暖了
因为你就是我的全世界

千言万语不及这深情的吻
我不用去想未来是不是个未知数
我把生命交给和你牵手的后半生
是否我们都会忘记白头的约定

这一生关于你的风景我错过了太多
你的微笑是我最大的幸福
是否你也有一个知冷知热的人
与我一起完成白头的约定

滑落心房的荷叶

我等不到
狮子座流星雨洒满我的身体
我像荷花的姿态雍容立于守望之树上
看不尽天上人间俗事悲喜

我奔赴山海
几方荷塘
便有几分诗情
几朵荷花
便有几层画意

你从晨辉里滑落我的心房
每一片荷叶都有露珠在滚动
而每一滴水珠都像宝石
晶莹的灵气在飘移

我在毫无轨迹的路上迂回
生怕瞄不准方向

就会抹去旋舞的痕迹
我被摇摆的荷花抖落了方寸
险些跌落到碧波里
还好阳光把我紧紧地搂抱住
留下一道彩色的虹

我就是荷叶
花连着叶　叶连着花
我是叶也是花
有谁分得清
花中忧愁是花美
是画饼充饥后的无奈

总之
此刻异乡的夜里
我有心事在荷花蕊

花开时有一个你
叶枯时有一个我

摄影 / 刘寅供图

这人间不值得留恋

我迷失在黑暗中
却心向着光明……

这人间不值得留恋
一意孤行追随你的方向
人们对我呼牛唤马地吆喝
苍老的诗人洞悉灯红酒绿
另一种真真假假的丑恶

这人间不值得留恋
我看到太多的人情冷暖
也看透人心叵测与真诚
时光啊他就是机器人
我呼喊他哀求他
可他还是安静地往前走
我的青春在流逝

这人间不值得留恋

放下那些脆弱的执着
看尽世俗烟火
我要魂归尘土重新来过
时间迷离了夜的双眼
我要如何躲藏在这人世间

这人间不值得留恋
我遭受过人生的不幸
但我仍然期待幸福
这人间值得我活一回
我受过别人的背叛
但我仍然选择勇敢去爱别人
这人间值得我去爱一回

这人间值得
当我芳华殆尽
你已年迈
我也蹒跚
我迷失在黑暗中
却心向着光明
我的诗还很长
这人间值得留恋

石榴花

蓝眼泪

我来自远古这蓝色的大海
身上的皮肤被染成蓝色
浅滩浮游我毅然把生命交给母亲
母亲就是我蓝色家园的寄托

为什么我这么喜欢大海的蓝色?
因为她也如我爱大海一般爱着我
我是如此爱着大海
以至于我地眼泪都是蓝色的
精神肉体都煎熬枯萎
我忘了我的祖先也是从大海中走来

我怎么会落泪呢?我是如此的渺小
我依偎在你的胸前温柔地拂过大地
渴死的鱼眼角渗出一滴泪
那是我最后的精神食粮
写尽我自己书里的半生浮沉

从认识你的第一天起
我便开始流泪了
我的每一滴泪都会化作悲伤
你是否看清我对你是真的……

我不再是随风而舞的沙子
你凝视我无水的双瞳
我撕裂的心碎落
在你蓝色百褶裙里
我爱着蓝色——
因为那是天的颜色
也是我故乡的颜色
所以我的蓝眼泪一定会回来
把我带到广袤的天空

第三辑　爱的光辉照耀前行

本部分收录诗人刘嘉昊写出的生命的别样精彩，读本部分会让读者仿若于人生四季情感浓郁的世界里，活出如刘嘉昊诗集里的意境，便是自在芳华，便是怡然美好！

芳菲那年，静待花开

假如爱有尽头（系列组诗三首）

一、假如爱有尽头

假如爱有尽头
我不会选择再爱你
这人间太长
我怕来不及好好看看你
你静静细数我的年轮
给点土壤
我就可以扎根
给点雨露
我就可以生长
给点阳光
我就可以灿烂！

假如爱有尽头
我不会选择再爱你
这人间烟火

我已经爱如山般的沉重
走不出时间的交集
饱含深情我孤独上路

假如爱有尽头
那一定是我来这人间的终结
我喜欢你眼里的星光
喜欢被你拥抱的感觉
那是我渴望的温暖

你要相信爱的尽头
每一秒钟我都在死亡
每一秒钟我都是新生
我穿着棉袄洗澡
因为我怕下一秒就失去你
你会读我写的书吗
那字里的柔情似水流年
假如爱有尽头
我依然在时间里爱你

二、再见了，心爱的女孩

再见了，心爱的女孩
明天我就要去远行
离别得很匆忙
我来不及去想
多想再深情地看你一眼
每一次来到你家门口
我总是不敢凝望你的深眸
多希望你读懂我的心扉
我祈祷月光送上我的思念
让你知道我爱你

再见了，心爱的女孩
明天我在寻找梦想的路上
短暂的失忆，我不用再去想你
前方到站地球的最北极
没有你的岁月我把自己放进
那个遥远不再见的地方啊
多少次我路过你家门口
不敢对你表白我的情
多希望回到年少轻狂的年纪

只有那样我才天真烂漫
啊啊啊啊啊
再见了，心爱的女孩

三、守岛人的歌

守着一片海域
你是最忠诚的守岛人

听着你的故事
我向着太阳敬礼

风雨同行
三条狗，两个人
你守岛，我守你
孤岛不再是孤岛

三十二年的坚守
你把家藏起
一辈子的坚持
却把人民的
使命放进心中

这一生有多长
你静静守望逝去的青春
为信念，为执着
红旗不倒
守着一个岛就是守一个国

我再一次把最美好的年华给了你
啊！我的祖国　我的岛
我无悔守护我热爱的海
我是光荣的守岛人

自然和谐之歌（组诗二首）

一、亚洲象

一深一浅的两排脚印在田间地头
仿佛能看到我乖乖跟在妈妈身边的样子
一路向北我们在迁徙
亚洲象踏上了漫长的旅程

我是一只离家的亚洲象
向北的你完全没有了回家的心
向南的我却被罗梭江阻隔家的路途

我们从哪里来？
我们又为何而来？
我们去向何方？
亚洲象真的进城了
彩云之南伸出热情的双手
我来到六千年前祖先驰骋的地方

山脚的炊烟里有玉米的味道
我就在这里栖息了吧!
中国看着云南,世界看着亚洲象
以动物和自然和谐为代价
暗夜里的游子们
昭示亚洲象回家

二、看那一片月牙

你是一轮挂在人类嘴边
数千年的月牙梦
我试着走近你呵
你却离我很远呐
我欢喜跳跃
终于实现你的梦

捉摸不定的丝
像祖父的一根白头发
牵着你长满老茧的手
挂在我心里
拉开天与地万米的距离
我凝视星辰望穿大海
那是我们世世代代的光

我像孩童一样依偎月牙弯弯
你带着我似乎遨游了整个宇宙
我从幼年问鼎苍穹到逐鹿中年
你把月牙弯弯
放进我飘荡的梦里
我被你感动到哭出声音

      2021/6/17 深夜 12 点作

世界仰望我们的时刻

同一个星球同一片蓝天
你是夜空中最亮的星
夜晚我的眼里满天星宿
我一眼就能认出来
是你的光牵引着我
这是世界仰望我们的时刻

我的眼里全是黄河奔腾
我的血液满是长江咆哮
这是深邃的夜空
当晨阳升起了万丈霞光
我的天空有了一座城市
没有人到达的时空
你在天空之城行走
从愚昧无知到探索文明
你让五星红旗飘过太空
这是世界仰望我们的时刻

我从你的时空隧道中穿过
像缓慢地摁了一个快门一样
让我记住了飞天揽月不是梦
我不会忘记
正如像我一样
千千万万个人　我们也不会忘记
你们的名字
早已经刻进我们的骨血里
这是世界仰望我们的时刻

　　　　写在神舟十二号成功与空间站"太空之吻"后

贩卖时间（外三首）

一、情殇

在我的身体里藏着
一个不甘心寂寞的灵魂
想你的时间很长
梦你的时间很短
就把你归还于人海
从此我不要再想你
你说要我陪你去看天荒地老
可是我的年华在时光机里
已然海枯石烂
握不住你温柔的沙
任凭飓风吹透我千疮百孔
也许这就是最后的告别
你离开了我避风的城堡
不再给我记忆的理由
你就这样无情地走

把我的心儿还给我
你眼角的泪痕
是我前行的路

二、蚂蚁

你在纸上用笔画一堵墙
我用触角走不出圈子
我像蚂蚁一样
在你设置好的三维空间
你的世界那么大
我只得狂奔
你的笔头
掌控我的生死

三、蜗牛

背着蜗牛的壳
我在
信仰中找寻自己
好一个鸟归巢

在信仰的光芒下
我都能找到自己的影子
像蜗牛一样
蜗居在自己的壳子里
背着房子在枯死的树下
沉重匍匐
仿佛我回到奴隶社会的暗黑下
死去多日的奴隶重现
我已经化身成为
这蜗牛的奴隶
没有一片瓦
在我的房子里
被你无情地淋湿
即使我再一次跌倒
还得抖掉泥土
继续爬行

让眼睛在阳光里流浪

你说在某个时间里
还能遇到一样的你
你还记得吗?
我的眼睛里的阳光
拥有一摊黑色的沼泽地
点燃希望
我试图冲破藩篱
你的脊梁骨下
沉重的步履
随时都可能夭折
我像头努力追寻光明的骆驼
在你襁褓世界里低头
时间仍然待在原地
你的容颜依旧
无须准备什么失望
我的眼睛有着
会发现美的超能力
从你的书里

我的流浪没有凄凉
是你看到的
也是我心里想到的

边塞情,是我梦里的歌(外二首)

——写给阿曼

一

我从黄河的源头
向你驻守的西南方靠近
遇见我梦里的深蓝色
你的故事已经凝结
成了我诗里的歌
在日阿东拉垭口里
在彩云之南最东南隅
都是你坚守的身影
吟唱我梦里神圣的歌
风雪亲吻我的泪花
天地被你敬畏
模糊了我前进的视线
你的每一步都牵动我的心
我也想成为你

像太阳一样的人
关于家
你给予得太少
却一直很认真
对于国
你付出超过生命
却从不敷衍
后来，我终于知道——
有的人可以长留在阳光里
有的人可以忽略在时间中

二

是谁把我放置在诗人的天空？
寻觅残缺追逐茶马古道
看升腾起来的信仰
戍边的战士触破西南边陲的寂寥
把家安在我的大西南
情一般女子的霞光
似乎升华焚烧成一朵
血色的大红花
我要把这荣誉佩戴
在每一个人的心里面

而你可曾知道
驻守边疆依然不改我的青春
如生命一样
爱着我的深蓝
边塞情,是我梦里的歌

我是如此爱着你（组诗二首）

一、逃离人间

我看见一片贫瘠
笼罩在月色如水的夜里
伸手不见五指
那荒无人烟的田野上
仿佛有幽灵出没
打扰了我悠长的梦
被文明关照过的荒野
成为废墟
已经深睡的原始欲望
炸裂成一道耀眼的闪电
直击我童年命运的真实

我像一棵挺立在
荒野的枯树
在另一个世界

被烈日倾斜
无处遁形硝烟弥漫
你的荒野已经枯死
我的前半生
困在这片土地
你不能
抽丝剥茧般地对待我
这人间的热让我喘不过气
我干裂的口子
就是干枯的土地
碾压我的野兽干尸
有蚊蝇在狂欢
我要逃离这个火热的人间

二、我愿

我愿是荒漠里的一匹老马
守候你的归期
我在低头做着跋涉
前方看到一个你
我已经在你的誓言里
书写铿锵的等待
脚后的黄沙

掩埋我的青春
我愿你是狂风暴雨
波涛汹涌地把我卷起
我和风雨鏖战
执剑天涯我就是行者
海的那一角你是否知道
太阳是为你而来
我愿当棵木棉树
只为站在风中等你
我在梦中呼喊
你的名字
而你说过你会是
我身旁的那一棵
守望的木棉
一辈子太长了
我在时光的苍茫里
听见你叶落的声音
似杜鹃啼血哀鸣
那是我的盼望
盼望来生
我是其中一朵
而你把我捡起
放进怀里

献给光明

我见过世间最美好的颜色
唯独没有见过你的色彩
究竟是怎样的一道光
会让我如痴如醉

你是一团火红的生命
是我心头不灭的火

我要用激情燃烧的热血
沸腾在你母亲的怀抱

你是一盏长明的灯
在我记忆的深处照亮
我以诗人的名义
书写着你的荣光

你在我心尖
埋下了一颗种子
那是敬仰你的光芒
那眼中的晶莹
正是我信仰的凝聚

我变成追光者中的一员
像夸父一样追求我的太阳吗？
不　不是
我追求的是
如我生命一般的那一束光

你看到了吧？
那积压的云层深处
变得更加黑了吧
你举起双手
打破了那无边 ——

人间的黑暗

我需要一束光
我需要你的爱
我将生命燃烧
追求你的光

于是——
我的父辈变成光
开启了时间的淤滞
这是我追求光明的光
正穿墙而来
你是青春的短诗
也是风华正茂的智慧
你将我诗人的肉体
以时间的方式揉碎尘埃
无论我是什么身份
都能被你的激昂
深深地打动

你所相信的那光明来了
我看到了
是的
你可以相信

那天边外
又是谁的眼泪飞起来了
你可以看到
我不朽的灵魂
不老的青春之歌奏响

这是热血沸腾的光明
这是传递精神的火炬
我以崇高的信仰
在你的光芒下
扬起自信
永恒的光成为
我最终的夙愿
激涌的光
凝结成爱的泪光
依然在我眼中摇曳

年轮与故乡

一个人我走过半个中国
一个梦我藏在三分之一的年轮
你在我的微信里设置了特别关注
可我们最后都没有任何的文字发送
每次用手点了小心心
像万千宠爱于一身
代表我的世界你来过又走过
我说我老了手里的笔变得呆滞
可时间老人不等我啊
一个人走过半个中国
我在伏案创作寻找你最初的起点
你说我的世界自始至终都在下雨
可是雨却填不满原始的太平洋
上高中的年纪我把你丢了
换来了三十岁的光阴荏苒
我用尽了我所有的勇气
却还在找你……

青岛,我的第二故乡

第一次见到你
我就爱上了你 ——
我的大海故乡
你是我一生追寻的地方啊
我试着走进你的心房　扑动翅膀
那是爱人的怀抱
我用尽生命
爱着你 —— 我的青岛
看一眼我就爱上了大海
因为那是母亲温柔的怀抱
我的梦里时常梦见的是你 ——
我的大海我的第二故乡

芳菲那年，静待花开

请让我喜欢你

今晚，我在我们第一次的
"婚床"上入睡
你说你崇尚我的诗歌
我思想的余晖总能给你享受
我和诗一样的你相爱
你说怪这个社会太现实
我怕我触及不了你的真心
我在你睡过的床上
像海绵一样不断吸收着养分
为什么我们相遇
这是我们的"婚床"

离开我儿时的城市,一路向东
地图上,我抛下硬币随心选中栖息地
在那栋老房子里,我听过我的继母
和我的父亲生下的兄弟第一声啼哭的声音
父亲笑了,我哭了
在那阴影里面我对婚姻产生厌恶
走出那个养我长大的"摇篮",我一路高歌
变成生活的黑暗骑士
我毫不畏惧疯狂地爱上你
在你的书中我记录恋爱的日记
这是我们相爱的誓言
你懂我的心,我是文学的捍卫者

这天是漏了吗
为什么会这样电闪雷鸣
你像父亲的辱骂刺激着我的灵魂
你又好似银河决堤一样
和我的心灵撞击
我如树丫的头发也被
吹得分不清南北
那银河之外的玉女仙童还在遥望吗
为什么要把我们的爱情写得如此凄惨
我渴望在你身边幻化成一棵树
把我的根扎进大地的心脉
我渴望母亲乳汁的洗礼

你沉睡时的样子
才是我最真的心

想你的时候
是我语言组织开始交织的时候
我的眼泪掉在了杯子里
混着你的苦涩
我品着这杯孤茶
我多想靠着你的肩膀入睡
可是我不敢奢望
你会给我爱你的理由吗
我不能去打扰你安睡的家园
甚至我不能把你的照片
放在世界的角落
而只能把你藏在我的梦中
我不知道这是不是傻瓜的诗歌
你有北边女人特有的韧性和柔情
只有拥抱你的肩膀
我才能入梦
我的爱情来得太晚了
想你，我在梦中想着你

三十岁我还未成年（组诗三首）

一、草民

我独自站在这城市废墟的一角
那可是荒废多时的土地
我想在上面建一座我自己的房子
可我找不到另一个居住的对象

你的城市成了高温的微波炉
我害怕从这土地里钻出来
因为我是草
我的果实散落成草民

一只蝴蝶飞过我的心尖
我和我的骨肉分离
你的热还是步步为营
我拼命躲进地窖
我草民的根在泥土里挣扎

就像那只曾经在我脚下寄生的蚱蜢
爬到你的树上被死亡无情地变成
远古的木乃伊
你的刀剃去我几近干枯的思想
我不再坚强

啊！我是草民生命很轻的草民
你不明白我的啼哭
却无耻地榨干我生活的剩余资本
牛羊的舌头卷着口水吞噬
你可曾想过黑夜中谁又会站在这里静静地反刍
你也会有做草民的一天
继你之后你的草民还会继续成为草民

飞鸟衔走我的肉体
我的体重更轻了
原谅我的身体被蝼蚁掏空
可是我的根还是扎向
大地的方向

二、沪漂的诗人被蝉叫醒

在池塘边听蝉唱着夏日的歌
看湖心处泡泡在水里泛起波光
然后又快速地炸开
行走在湖心的长虫
拉开了锅炉似的心房
我渴望风吹过的夏天
几个标致的少女
闪过河边的垂柳下
打开手电努力找寻着什么
老去的蝉的尸体在她们手中
做成了夏的标本

在沪上，我第一次如此渴望"梅姑娘"
快点走进我的身体
几条小鱼游进水草泥里去了
想必它们也怕这酷暑难耐的小暑吧！

沪上的美不能没有"梅姑娘"的绚丽
我就在沪上这么漂着
我想采摘湖心

用那垂下头发的柳树条
遮挡火炉似的城市
又怕我打扰到知了的婚礼

我期待的风来了
你像一股清流走过我烦躁不安的心
我看见你带着雨光临我的梦乡
雨点落在了我的掌心
我握紧拳头
生怕这丝丝凉意从我身边溜走

2021.7.7 小暑

三、三十岁我还未成年

小时候
为了得到大人的赞赏
努力考取好的成绩
但却单一了童年
长大后
为了爱一个不属于自己的人
卑微至极
却失去了我原本的模样……

我想念儿时的老妈烫饭
想念南面的麻辣拌
北面的麻辣烫
可是已经都变了
原来我一直都在原地打转
既没成为想成为的人
又丢了原来的自己
既没得到想要的东西
又失去了原来拥有的快乐
三十岁还未成年

你是我娶回家的红玫瑰
而我变成了墙上那抹蚊子血
柴米油盐从前如漆似胶
到各奔东西
一地鸡毛
可是我变了吗？
我变了，我也没变
我相信
走到尽头我依然会在
约定的车站等你

你离开后如果白云不坠落

这是怎样的一种时间
让我和你的眼神如此的近
近到宇宙的样子就在你的眼睛里
那朵漂浮在我眼前的白云
可还是你期盼着的棉花糖
我的眼里全是你
我们没有说话
我的心房里住着一个人
向日葵开了
而你偷走了我的心房
你不再住在我破碎的心上
你离开后的天空
那团乌云压抑着我的湛蓝
我需要你和白云
你离开后的天空
即使我用生命执着
那也会是一个深冷的梦
有多少人会在深夜里读我写的书

我诗里的吟唱又会是怎样的一种温情
你还是走了
剩下一片冰冷的
不属于你我的天空
你离开后
如果白云不坠落

云端上我有乡愁如烟

我问云端上的长江大桥
在想你的深夜
乡愁仿佛一股淡淡的青烟儿
飘入80后行者的心房
他乡的月牙儿盛不满乡愁
这是我喝过最苦的酒
哈雷彗星拖着那条长尾巴飞逝过
像恋人夺眶而出的泪花
乡愁是什么?
乡愁是——
那间我再也回不去的老屋子里的笑
乡愁是——
离家时火车站父亲送别的一把泥土
乡愁是——
母亲在风中挥动风筝断了手中的线
乡愁是——
诗人深夜笔下与继母如水一般的母子情
乡愁　我始终相信

你会带走一切忧伤

乡愁　我始终相信

你会给予一切快乐

我听到了长江的呢喃

因为游子的乡愁停滞住

滔滔长江水

满地乡愁的叶子

啊！我的乡愁，你可知道

乡愁在我如炽热火焰

乡愁在你如灿烂星河

我知道——

乡愁就是相信未来

有人还念着我

2021.7.15 作于如皋长江大桥

太阳雪

这白色飞旋的雪片
你是来自香格里拉的圣洁之光
好像神奇的太阳雪洗涤灵魂
每一片雪花我都能见到太阳
香格里拉的太阳雪
你像海市蜃楼的梦幻
牵引着高原孩子美丽的青春
地平线上的雪山化作最甜的相思
一切的一切早已尘埃落定
啊　太阳雪
请把我对你的思念尽情释放
复苏的欲望在时间里消失
让我忘记了此时此刻
是夏天最热的时候
那是热情燃烧的太阳雪吧！

芳菲那年，静待花开

月亮门

执剑寂寥人间风华

广武长城的情怀,绚烂了一场花开

残破的土城墙,我在游走

城门外,不远处似乎烽火台上仍旧烽烟四起

我再一次看到多情的男儿用血挥洒戍边的史诗

通往雁门关口的明长城

让我与你邂逅的欢喜,换成一缕相思

我依然眷恋一缕阳光,10号敌台开启时光荏苒

我把月亮门重新修复

像是被墨水渲染过一般没有一丝云彩

天空清澈悠远在酝酿一次像样的出走

那已经不连续的土城墙

让我知道这是关外的凄凉

你看前方那是什么

一个个隆起的土堆下

历史和我悄悄对话,我肃然起敬没有流泪

那是曾经和我一起驰骋疆场

固守家国的风和沙一样的英雄碎片

在你的烈日下
依旧如故地守着家里的魂

掠过秋天的纸飞机

原来我和你的时光
就像立秋后
梦的叶子被自然折叠成纸飞机
一片片落入我手心
沿着抛物线深邃的眸子里
像你初恋的吻温柔遥远的天穹
多么希望你能拾起一片
我在风中写给你的信
那是我全部的爱啊
夹在我书的扉页
只是你忘记我的名字
风带走诗人的忧伤
然后某个清晨会突然想起来
还有一个爱你如命的写书人
想躲也躲不过的
眼泪的伤怀
显得那么笨拙
我多想听到一个史诗般的声音

是悲是忧还是戚
来缓解我的无助
而那死难总是在阴暗的角落
我所期待的秋天本该是个收获的季节
我所渴望的爱情又在哪里漂泊？
让我触摸不到
如果有可能
我愿你不死
你看那阳光灿烂
而新的生命就在不远处飞行

答案

你总问我们从哪里来
因为在我面前你们总不低头
这是担当,这是我的战场
你看不清我脸上的泪早已经
化作一个无法回答的答案
原来生命是如此的脆弱
痛苦短暂还是漫长
黑夜不会给出答案
拿什么拯救我亲爱的人呀
就这样匆忙奔赴明天的使命
一个一个好样的奶爸抱起花朵
用血与肉拉起人墙走进艰险
他们冲在死亡的最前沿
看着你在希望的阳光下活着
就是他们的幸福
他们从来只要一个答案
啊啊……啊啊……
我不能收回你给的那份苦涩

悲伤汇聚　他们以温柔的形式
告诉我，你不会拒绝
真情以缓慢的步伐向你靠拢
我们爱你的心永远不会改变

天空中的云朵在哭泣

天空中的云朵在哭泣
从一束玫瑰花开的恋爱
我不敢看
因为我怕看到悲惨
云朵有座城　里面住着我的亲人
所以　这座城　它非同寻常
路口被一条大河堵死
我看到天空在啼哭
云朵里的城瞬间变成泽国
我的梦就是这样被碾压
有人爱　生命就不脆弱
惊恐弥漫于荒野
奔跑　奔跑
忘记了疲劳
消瘦的身形　骨骼完整
不知还能支撑多久
漫长的路
为了加快速度

它舍弃了身体

我看见岁月在涟漪上漫步

我看见时光在波光潋滟里流逝

那是我的岁月在路上

那是我的时光穿梭在世上

天空中的云朵在哭泣

我的爱人推高了月色

铺陈年少的光

夜的纯净

一声惊雷　响彻宁静的天际

如果遇上慈爱的拥抱

天空知道

那惊悚不是反抗

恐惧让它无法自持

泛着清幽的光芒

幻化的夜空辽阔

推远了星光

从现在开始

每天给我们深爱的人一个拥抱

蹲下来亲亲我们的孩子

好好爱自己

也请去爱别人

我离你最近的时候

我离你最近的时候
亘古的花期跋山涉水
住进一个北方姑娘的心窝
黑龙江畔我的花样年华
像一条凌空飞舞的彩带
年轻荒芜的黄昏煽动羽翅
似洪水泛滥灌溉远古的爱恋
杜氏说：时光如水，你在我心里
这是我离你最近的时候

泸沽湖美到心窝里的倩影
好似高原上绽放的百合越上山头
青翠的山谷一只乌鸦飞过乌云密布的天空
那是我大声问你会不会再回来看看我
那嘉峪关上是否狼烟淡忘孤独
这又是谁在鞭打红尘的纱帘后偷窥
我们不能相守相伴到老的骗局
我离你最近的时候

我们相守着一种悲伤

想爱却被道德绑架

陌生的旷野已烧成灰烬

就像尘土粘着尘土

我写的一本诗集就是一片叶子

我从一个时空跳进另一个时空

把它做成时间暂停的永动机

再从一个万花筒掉入另一个万花筒

在时空的隧道作茧成蝶

我只能把最暖最软的话说尽

于是，还是

我离你最近的时候

大理石

我
那一条条清晰的纹理
是时间刻在大地额角的皱纹吗
红与黑　黑与白
对比得是那样鲜明
就像曾经怒放的青春
以及路上
交错纵横的挫折与成就
失望与希望
如果没有经受过狂风骤雨的洗礼
你就无法读懂大理石经历了什么
和狭小的视线外
和自由的生命所具的内涵
如果没有顽强抗争和默默坚持
就没有神奇的创造
把自己从渴望与疲倦中挖出
回到悬崖孤零零对峙黑夜
向天空悲鸣向汪洋倾吐无尽的忧愁
请赐予我自由的全部
希望与死亡必然也蕴含其中

哭过了

时间一点一点地过去
就在这个下雨的星期三
有一个共同的发音
在你我心中传唱爱的赞歌
那就是妈妈用双手托起
我的延续
你哭过了，我感动过了
那用手做出托举的姿势
定格成我生命的开始
永远忘不了
妈妈的爱就像太阳一样
时刻保护着我成长
死亡的乌云割不断妈妈最后的希望
亲爱的宝贝，你要相信
妈妈的目光会一直守护着时间
我哭过了，你却离我很远
妈妈呀，如果你能听到
我想对你说
其实我也爱着你

每条河都会有一只和平鸽

我是一只和平鸽
带来绿色的橄榄枝
赴约一场和平的盛会
在你我的家园共育善良
刀枪入库，马放南山
我所看到的真和平
在半夜里雨声急促
打断了三伏天池塘边的蛙声
头疼搅乱的瞌睡突然翻醒
心情还一直在嘀咕
被晾在一边的愿望

本来，我为这个寻常的日子
准备了一些爱的表达
可找不到一个普通的杯子
盛不满撒哈拉流光溢彩的狂沙
伪装甜蜜的语言
悄悄放在爱人的床边

就像无数个晴朗的夜晚
月光透过窗子
轻柔地洒满世界的角落
并不惊扰你安睡的梦境
只在你长夜清醒的时刻
重复送去秋风遥远的清凉
我们热爱生活
就如同珍惜我们在这个世界上的时间一样
请把枪放进历史的博物馆里
多年以后我们的子孙
也会知道还有一种叫枪的东西
被丢进了尘埃里
碾碎成灰,尘土飞扬
我需要世界的真和平
每一条河里都有一只和平鸽

第一百零二号作品
——她只是一个中年妇女

灰色区域疯狂输出暴露风险前线
我的门槛能够触摸到的温度
什么样的人都朝里面挤
负荷超载都是一生的底色
从南边来的风吹皱了京都的喧嚣
一路踉跄
失守的皮球踢进中年妇女的心窝
她不是全世界的敌人
到最后都成了影像

迷失在谎言丛林里
每一棵树都浇灌了血液
中年妇女也曾带着新的
幼嫩柔软的脊骨
匍匐在地上， 视而不见
麻木味觉
拾掇权力遗落腥味的果实充饥

不要问我为什么
忽然在一阵西风中呕吐
撕心裂肺吐光人吃人的历史
星光下颤抖影子发出声响
那是弯曲的脊背正在成长
挺直，断裂或者屹立

不要逼问这是谁的蛊惑
东方的良知本未曾泯灭
我无意写出满城风雨
只是幻想着
终生以温柔的方式
忠诚于自己
欣然承受这真实的痛苦

如果生活给予1000个谎言
就努力清醒在1001个深夜
不用渲染追赶黎明的勇气
她只是一个热爱生命
被迫与黑夜赛跑的中年妇女

古老山河如若有灵
请你引入天宇自然的清风
再送来几粒自由的种子

我将用我笨拙的一生
耕种诚实,直到它结出甘甜的果子
也许你需要更多的祭品
那么请接受我
交出青春,甚至生命的全部

朵帮的石头

大地的温柔依恋着蓝天
流淌过高原圣洁的白云
漫天繁星点点好似爱人眼波萦绕
你从诡异莫测的长夜之中走来
迷雾重重的人间又有谁能窥见光明?
玛尼石堆就守护我家城头,高过青藏的白云
我对石头特殊的爱,一个民族的光聚集
如蚂蚁的小屋在青藏高原雨后开花一般出现
爬满高原明珠,藤蔓似的经过你的手心
原谅我就在这里肉身成圣
朝拜者的精神家园
看着那盏皓月,我在四季轮回荡漾着秋千
用剪辑流年的光阴,你的笑颜
我曾经相信
青藏高原信仰一种哲学
白天总会遗落黑暗
夜更是黑的王国
因而黑暗永恒

而玛尼石引导我
即使总有一丝黑暗
也要面向光明

我们都是半个奴隶半个人

一排排高叠的学区房
我已经看了好久
攒了半生半世的青春
换一个土坯房
偶尔某一个门被打开
又迅速关上
少有人语
从它零星的响动中
以为大楼房间至少有一半是空的

直到他需要一间房间
直到他只能买到最后一间 120 平方米的房间
天哪！在不起眼的楼里
他到底与多少默默无语的人为邻
沉默中拥挤以及对他人的无知

走廊里消失的心情
在匆匆脚步下尖叫

此刻,眼前灰暗失语的大楼
没有季节的朝气与生活的喜悦
它立着,与每间屋里的人一样
本应属于天地之间
却又垫在了城市的底端

房子使人生完整
又把不完整赤裸裸抖露
他是房子的奴隶
为这完整幸福
为这偶然的幸福不安
我已经习惯
在你的慷慨里门户大开
在心房里大摇大摆
如果没有你的庇护
世界会多么锋利

烟花

那是谁的眼泪在风里飞?
吹乱了一个民族的符号
晨昏线附近烟花引燃
登陆,我的心间狂风暴雨
一声鸟叫,唤醒了我
然后衔起我的脑袋
飞向高空
这只鸟掠过水面,拂过高山
来到一棵挺拔的树上
将我放在鸟巢里……
风撕裂地吹着
我也以落叶的方式
和烟花如飓风一样浏览过心脏
星星铺的路被你吹散成漆黑的夜
支离破碎,我修补不了你伤口上的伤疤
忧国忧民的泪珠好像断了线的瀑布
从遥远的天际直达我梦想的家园

七月初七

1

月球上住着每个人的影子
让我们原谅过往疏离冷漠
其实已经斑驳不已
我知道的
再厚重的伪装
也抵不过你一次又一次的敲打
当它有了裂缝的时候
有人问：
你为什么悲伤？　我刚想要开口
发现被时间推搡到了下一个路口
太远了
原来月亮是一条河
而你和我
在河底

2

我有一千万个选择
但我忽然发现
任何选择都没有区别
所有的方向都通向一个结局
那一片废墟和无尽的荒凉
全来自当年诗人的热爱与理想
我不得不和烈士走在同一道路上
誓要将这月球背后的火光熄灭
我一人独将此火高高举起
我将借此火得度一生的哀愁
你不用去怀疑现在
我只是怀疑时间会改变一切
所有的生命
都会重逢于苍穹之下的大地怀中
不过是一万年

3

那连接着电线杆子的线
就像五线谱上跳跃的小天使
摇曳着星空点缀下的红色霞光
难道说那就是我闭着眼
深夜里一直追寻的
水墨世界吗?
多想把你这如画的江山
收藏进每一个人希望的心田
但我不能这样自私
掌心都会刻着她的名字
如果有一天我找到了我一直在寻找的东西
就算立刻死去了
也是幸福的
请一定相信那里
会有永恒不变的太阳和月亮

风信子

为什么乌蒙山总有一种守候
前行中你给我一股不屈的力量
伴着清晨黄昏来袭
在这片土地上默默滋生
我就是你随手撒下的种子
在父亲的土壤里萌芽
求证着时间与历史的双重辩证
河谷断岩我的新娘又嫁给了谁家
我生出半个翅膀
思念成疾
寻找半个中国半个世纪
寄出的风信子
在靖外乡半条河
在我们相恋的半把伞下
淋湿了那苦涩的初恋
仿佛母亲的眼神一样忧伤
我在二层楼上刻下"绝望"
那摔碎的镜片你低头轻轻地扫

你在我耳边轻声呢喃
我的心在年轮里融化十年
也等了你十年

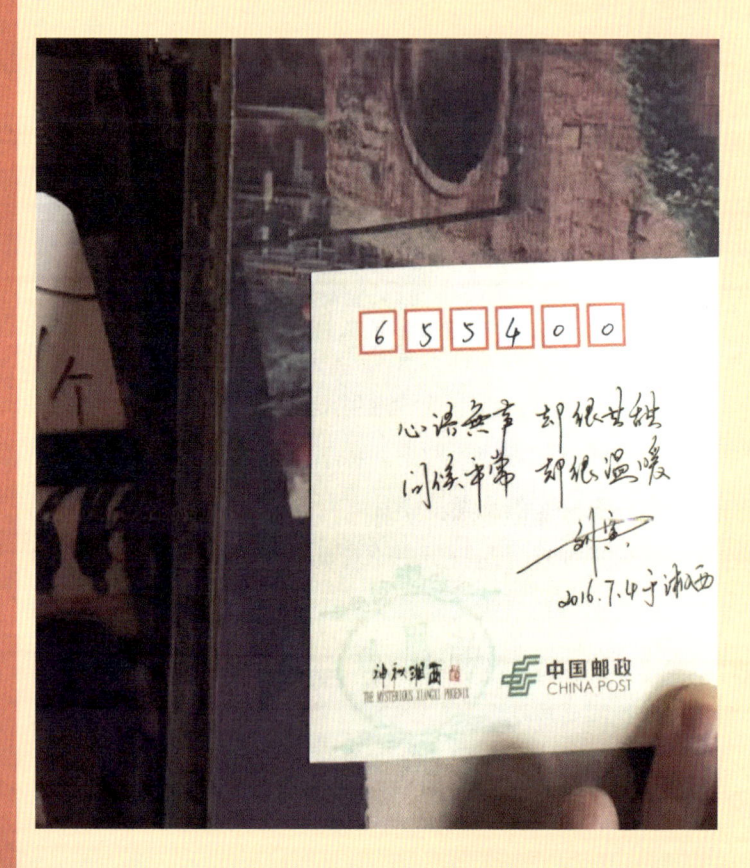

脚下与远方

热烈的太阳啊纯蓝的天空
我在你的脚下追逐布达拉
你和我邂逅了最美的晚霞
神奇的雪山走进我的梦
你有一种雄壮苍凉的美
我在远方来把你歌唱
啊,我的布达拉
你的云彩像棉花糖一样
悬浮在每一个人心中
可可西里的梦幻
是高原的精灵
带上我们的祝愿
穿过唐古拉山口
我把烦恼抛在世界的角落
啊,远方,你像风儿对我轻轻地说话
我的脚步才会更加宽阔

刚好路过，我就在那里

我是一个文字里泅渡的英雄
视我书里的初恋为结伴旅行的年华
刚好路过，我就在那里
诗歌的碎片已经散落成废房的模样
我在蓄了十七年雨水的水库独居
与泥土为伴，用捡来的锄头解剖着故土
你洒落几滴如血的晶莹
染红这片高原的斑斓
在我贫瘠的故土种下叛逆者的誓言
行走了三分之一的弧线
我就在地球的北回归线等着爱你

汪洋里的一叶孤舟
在抓不到你手的彼岸爬行
胡子拉碴不修边幅，有点邋遢
疲惫的身体熏醉在盛夏的光阴里
刚好路过，我就在那里
我手里没有一纸空文，不敢谈什么爱你

这是我悲惨的一生
没有泡澡的浴缸，寄住在蜗牛的空壳
我用时间累积的口粮，聚在长江口处
缠绕成一团漆黑，裸露在故土的脉搏
依然跳跃藏在心海深处的梦
梦没有惊醒醉人的温情

我是如此期待着时间倒流
让我重新看看你的双眼
可我不能自私，幸福付出
刚好路过，我就在那里
夜深了，城市已经悄然醒来
听，那是谁又把悠扬的琴音拉长？
那是我对故土的默默守望
梦里能到达的地方
总有一天
你我的脚步也能到达

刘嘉昊经典短诗十三篇

一、符号

想用一生画一个属于自己的符号
但石头太硬,木材易腐
死广应很简单,谁还在意留名?

二、一棵树

一棵树第二年春天活了过来
他就是一棵树站立湖中
万千岛屿都不是他的归宿

三、多了一张嘴

我们每一个人的胸膛都多了一张嘴
喜欢揭人长短制造是非
正在快速排泄肮脏

四、我是我

每当我开口
世界就存在了
我却不能只做一个诗人

五、底线

我们不能向前翻
守住了,但没有完全守住底线
背叛了历史还在上演历史

六、手机

本是一个通信工具
却被一个三岁娃娃抱着哭泣
究竟是什么误了我们的花朵

七、圆周率

圆周率耗费脑力你却一直执着
无限不循环难道能解开宇宙奥秘？
用来算 π 的那个圆没画好

八、中国女排

郎导卸任中国女排主教练
永远的铁榔头挺起胸膛
另一种中国精神永远传承

九、秋草有情

秋草在风中飘摇,草木不是一秋
落日余晖待你而归
可惜我在远方,看不见

十、芦苇

你在岸上,我在水里,
吹开我心扉的
一定是风儿的温柔

十一、静

我喜欢凌晨的黑夜
静得我的爱人也会入心里
因为你照亮夜晚灰暗的路途

十二、启程

秋风开始带来忠烈归家的启程
但我不想在遗忘中将你忘怀
因为我怕弄丢你的叹息

十三、教育

教育在怒海中反省
思想的光在黑夜的眼睛里
我仍渴望真实的脉搏

初秋,大地耕种的是一首诗

我看见风的形状是自由的模样
那是秋天的雏形也是我的寓言故事
风吹麦浪,吹过你和我的脸庞
蓝天、白云、绿草、村庄、
庭院、蝉鸣、大海、流水、树影
还有疯长的狗尾草
宫崎骏的夏天治愈一切不可爱
是谁说只有诗人才会写诗呢
那初秋在麦田里劳作的农民
在田埂上不也在作着
一首动人心弦的诗吗
我看见初秋的田野一片金黄
农民不是用笔在纸上写诗
他们用自己的双手,用锄头
在大地上写诗
他们埋头侍弄着土地
就像是诗人在稿纸上写诗的专注
在农民双手和锄头之下

初秋的田野仿佛是一排排等待检阅的卫兵
上面被农民写满了丰收的喜悦
写在田垄上的是家人的期盼
那些随手撒下的种子
现在又仿佛是一个个跳跃的文字
我闭着眼睛一片美好留在你的记忆里
那些善感的心灵
哪怕只是看上一眼
你都会得到极大的满足

爱情日记

眼睛被赋予对光明的渴望
生活便开始恐惧黑暗
心是柔弱的，为什么我却独立面对
暗夜的重量在脉搏上流淌
每天都是一场战争
这跌宕的时日
我拿什么慰藉自己
爱情是吹皱平静心湖的一阵风
是漫长生命里的一束光

如果爱情也会疲惫
思念停止忐忑的喘息
道路不再延伸
我拿什么抵抗世界
贪婪和野蛮
肆意汪洋的胃口
不死不休的欺骗

不，我只是把顺序弄乱了
从白日的战场归来
肉身需要短暂的休息
然后，记起我被偏爱的部分
我所崇敬的蓝天白云
给予我为一切命名的天赋
没有人比我更专一
为寂寞的生命、每一种感觉
写下一个深情的名称

为什么生来就有翅膀
没有天空的空间里
沉默的舌头夜夜舔吻折翅的伤口

为什么应该站立在
失重的土地上
眩晕的头颅日日承受倒悬的高压

我会送你一本我写的诗集
很简单
我读过的每一页在远处也有人会读

小心圈起的段落里
每一笔都有一个流淌热血的时代
以及它承载的满含泪水和信念

裹挟追求与悔悟的人生

世界的分裂从现实直抵心脏
只有思想的国度收容流亡的脚步
召唤我从未来绝望的蛊惑中折返
穿越历史激荡的河流回到残败的故乡
忧患是智者使命的选择,人性至此
被踏碎过的心灵才拥有共同的方向

飞过田野的乌鸦

秋天是我灵魂专注的奖励
就像阳光来得这么及时
总会成为每一朵鲜花的容颜
它的所向和喜悦
我一直坚信

时间在我指尖
每一秒都有重量
沉甸甸摆动心酸的季节
整日整夜的,离别用它生疼的手指
种植带刺的玫瑰

亲爱的
梦不要做得太萧瑟
要知道,忧伤也有明亮的色调
路边失落的小草从绿变黄
秋天的云朵白得发亮

告诉我，今天漫步的田野
飞过乌鸦还是喜鹊
风把天空吹成蓝色的宝石
敲击心壁，你关上窗户
还是把深情写成赞颂

命运像冬天的夜晚一样寂寞
只有种子爱它的沉默
安静地行走，不要惊扰大地
秋天在你的脚下也在它的怀里

响水河情歌

在彩云之南有一个美丽的家园
那是我的响水河
炊烟袅袅升起　笛声车马流走
我在响水河畔嬉戏
也在这里走出乌蒙山
响水河啊　响水河
你翻滚着温柔的细浪
讲述着游子成长的故事
说不尽我远离故乡的绵绵情话

有一位少女身披彩云
舞动着轻纱撩动我的心扉
故乡的响水河流过父辈的脊梁
再归家我已不是那个少年
鸟鸣万种　蜂蝶百花

响水河啊 响水河
无论我在世界的哪个角落
都会把你深深依恋
不管多少个秋冬春夏
你永远都是我心里的不老情

我的年轮是你炙热的眼泪（长诗）

春风远道而来
洗礼这使我免于动荡的牢笼
悲哀强盛，开出生命最苍白的
黎明还是又一个黑夜

多么无知又苍白
还有什么能让它流血
紧紧裹在心上带刺的思念
笼罩在灵魂之上
正被黑暗吞噬的光明

它挣扎的每个过程
都在我的体内搏斗
无声而浩荡
寻找一个出口

在沉默中突围，于幻想的博大中
成为一个渺小的个体

我将奔跑，站立
或者倒在自己鲜艳的液体里

倾斜的一天刚刚过去
我已经把莫名的委屈
深思过的忧虑
都倒向深色的夜幕
现在，只有时间喘着粗气
在它的内耗里粗鲁地叹息

明天早上，我会看见
温柔的春天
就在门前含苞的玫瑰上
说着轻柔细腻的话
哄着孤傲的玫瑰花一展笑颜
它说：在你怒放的时节
没有人在意你带刺的枝梗

我的春天也总是这样对我说话
但它有时很傻，会发呆
会冷，在无人珍视的时候会觉得委屈
一想到它深邃的双眼也会流泪
我的心便泪如雨下

为并不热爱的生活努力

慵懒的日常内部
发出的,都是精神垂危的信号

决绝是受到人间诅咒的角色
我的倔强与软弱
轮流在其颤抖的心上拒绝

请让我成为一个勤勉的人吧!
这是最后的救赎

就像远处那个孤独的人
他每天行走的步道无人问候
只有陌生的鸟儿从头顶熟悉地飞过

每次年轮在我的树上画一个圈圈
头颅内就是爆炸的现场
一片狼藉
有些地方还在冒烟,吱吱作响
年龄只是一个外因
我的脑袋呀
究竟你常年为谁而争战
疲惫的硝烟正被洪水淹过
做勉强的休战
而在此之外,无从掩饰的头皮上
疯长的白发

是思想对岁月显现的败象
还是你对被辜负的时日
永不迁就重复的叹息

想必你太专注了
思维沸腾
凝聚身上所有的血液
心承载自己的凝重
我忘记了人间
也有爱，令人宽慰的美好

行走在心与心间
连接情意的至诚
提炼思想脉络的极致
你是我炙热的眼泪

可你高高在上
来自天宇的冷眼
时刻审视挣扎在尘埃的心
那些被你穿透，抖落的秘密
在你并不同情的日子里长久地哭泣

只有当你怜悯
收下我的崇拜
赐予的灵感注入苦苦的等待

我才拥有了对诗者苦难雕琢的能力
作品是我对你唯一祷告的方式

每当我爱上自己
便深深地思念着你
距离，淹没一个蓝色的春天

大海的每一朵浪花
都是我们欢乐的记忆
延绵，沸腾

它不是一个漩涡
不能在忧伤的深渊里自圆其说
而在每一个潮汐欢快的起落间哭泣

岁月的名片写满了诚实与单纯
任由家园在腐朽的土壤上长成囚禁的碉堡
而理想终日以不成熟的文字
把人生伪装成落难的公主
不，幻想的王子请你不要出现
诗人都有天生的残疾
还不足以虚构出完美的结局
终于，你对着虚构的人生吐口水
打破画布前的镜子
让搔首弄姿的影子碎成一地玻璃

颤抖的灵魂之手翻出时间的另一面
那世俗的阴影庇护不到的自由里
画着一双翅膀
天空孤绝,无情打着雷电
在拒绝日常的孤岛上风雨如晦
你忘情地喊着要做大海的主人
就像死里逃生的鲁滨逊
你看见山羊、鹦鹉、狗
小麦面包、葡萄干、山洞、星期五
你看见拥抱孤独以后强健的体魄
最后你深深地祈祷
在你溺亡之前会有一只手
引你到生命的孤岛

我并不拥有你的一切
只是在每一个
醒来忙碌的清晨
都能感知你的守卫

空间变形
渴望自由的心念
痛苦地哭泣
总能在听到你的时候
重又获得地心的引力
天空和正常的呼吸

跨越城市的尽头
有一片树林
我希望它像生命一样辽阔
像星辰一样永恒
穷尽一生地追寻
回到原点亲吻梦中的夕阳

如果我试图向世人表明爱情
那么请惩罚我变成哑巴
这喋喋不休的倾诉
是为感谢上苍的美意
那一刻我终于可以明白
我的年轮是你炙热的眼泪

天上的星星坠落人间

同一片星空,我的村落成为汪洋
我望见生命的力量正在凝结
符号成了爱,呼唤却成了我的诗
我不要这雨水洗去人世间的尘埃
守护生命之火的你不该承受
这撕心裂肺的痛

你的土层之下是黑色的黄金
我要全国人民知道
在他们的火炉里有一半
烧的是你的故土
我照亮了半个中国的天空
却照不亮自己的雨夜

五千年的永恒之火
我分明感到另一颗心跨越时空
绚烂的生命在你的村落
于是我们成了大槐树下的根

开枝散叶……逐渐形成中原广袤的大地
我无力搬动人类心灵深处的忧伤

我期望的爱不要再和我擦肩而过
抬头我们活在同一片星空下
天上的星星坠落人间
我们凝望着最初刺骨的洪水
宇宙正在哭泣
我的心被葬在银河系更远的地方

是谁的这双手

这双手
可以触摸
带来磨难
改变奋斗
拥有什么

这双手
能够把握
连接挫折
映射幸福
创造什么

请别再忽略我
这双手披荆斩棘过
我看见空中闪光的手
酸甜苦辣正在开始
就像冰冷的海水总会
褪去玫瑰般的艳丽

你的手给予的是希望
只有这样
世间美好才能与你环环相扣
没有什么目的
因为我正好被世界温柔以待
沐浴爱的光芒
人间永远有秦火焚烧不尽的诗集
就如同我的书仍然割不了生活的尾巴

我的这双手呐
你的那双手哟
沉默
我们在一起就是整个天与地
黝黑
在太阳底下暴晒
坚强
拧一把滴下的汗
就是一场熄灭五千年前秦皇之火的骤雨

我等待久了
任凭往事被风吹凉
一支玫瑰凋谢
你的泪
湿透了半生

后 记
——我对文学的那一份执着

书稿的审订工作已经接近尾声，作为亲身经历的作者我是万分激动的。

最初的计划——进行诗歌的创作——交给出版社审稿等一系列动作依然记忆犹新，无数个日日夜夜的创作使我从懵懂走向诗歌创作的成熟。那些灵感迸发的精灵时常还在我眼前闪现。

《道德经》有云"大器晚成"，我一直对这四字真言深信不疑。

时光飞逝，我写书已经十二个月了，我审稿是严谨的，三次对我的诗稿进行自我修改，朋友们无数次对我的书稿提出宝贵意见，在此表示诚挚的谢意。古人常说"三十而立"，写完这本诗集我真的三十出头，不敢言我所经历了怎样的人生，也许只能再次借用《三国演义》里的无厘头语句"且听下回分解"。

还记得在我的诗集收录的一首原创诗《你的眼眸里有我的泪》这样写道：

"这个多情的季节里

"昨夜的风吹落四月的花
　　你和我在落樱转角处邂逅
　　让我相信这世界还有真爱
　　那枝头落樱的红为谁飘
　　你飘落了一地
　　向着我心深处铺满
　　仿佛铺设了一条粉色的花径
　　直通我遥远的家国"

　　在此诗中的女孩不一定就是现实中的女孩子，而是我借邂逅的女孩子比喻樱花的美，龚自珍有诗为证"落红不是无情物，化作春泥更护花"。我心目中的美是那花落的壮美而非凄凉，我清晰记得那是我某一天早上上班的路上经过风雨过后的樱花树，看到满地狼藉，落满昨夜的唯美。
　　而感叹青春不迷茫的经典也有，如我的另一首原创诗《三分之一的浮尘》里写的：

　　"我的生命过了三分之一
　　当你拨开浮尘弥漫着的夜空
　　就好像父亲的目光柔和得深叩心门
　　我行走于红尘之中
　　浓郁的黑色吞没我的流年
　　三分之一我的年华
　　被你无情地抽走
　　束缚的枷锁进入我只有肉体的世界

我迷惘　浮尘乱了我的青春"

是呀！回过头来看我自己走过的岁月，多少曾经的豪情满怀化整为零，留下了未完成梦想的遗憾。

有朋友问我："刘嘉昊老师，每次在朋友圈看你发布的新诗都具有鲜明个性，读你的诗我们就能很清楚地知道今日发生的事，你的价值观印在读你诗的每一个朋友心里，产生了很好的共鸣，那么你到底把你自己定义成哪个板块领域的诗人？"我写的诗煽情吗？不，答案是否定的。从我的内心出发，我认为诗歌反映的是一个时代最深情的烙印，我喜欢写我所看到的、所听到的，亦是所感受到的，我的诗都是发自内心的。

我记得在我书里有这样一篇《贩卖时间（外三首）》中《蚂蚁》的一首诗，诗中的文字铿锵有力：

"你在纸上用笔画一堵墙
我用触角走不出圈子
我像蚂蚁一样
在你设置好的三维空间
你的世界那么大
我只得狂奔
你的笔头
掌控我的生死"

而这首诗的创作意义就是批判现在的家庭教育下长大的孩子完全没有自由可言。父母在家安装摄像头，走到哪

里手机上都可以随时监视孩子在家的情况。我朋友圈中也有如此父母。我想借蚂蚁告诉父母这样的家庭教育下长大的孩子是有叛逆思想的。我喜欢现在的教育制度，但我一直想用我的诗写下这样的蚂蚁，原来我们都是生活在蚂蚁世界里的人。这样长大的孩子心灵世界何其扭曲，也何其悲哀！

与其说我是诗人，倒不如说我是一个紧跟时代潮流的诗歌爱好者。

面对文学，我是一个永远学习的"学生"。我向真正的诗人前辈们学习，向热爱生活热爱文学创作的朋友学习，因为我真的对文学有一颗执着的心。

我想我会一直写下去，我的第二本散文集《我的年轮是你炙热的眼泪》也在同步创作中。相信也是一部很好的书。

最后再次衷心感谢读我书的各位朋友，我的诗歌之路还将继续……

刘嘉昊

二〇二一年九月十五日于上海